Kahvehane

CEMAL YILDIZ

ÖNSÖZ

Kahvehane yoksa, insanların birbiriyle istişare, muhavere edecekleri önemli sosyalleşme alanından biri kapanmış ve yok edilmiştir. Mahalle insanlarını bir arada tutan, yakınlaştıran mahallelik de haliyle ortadan kaldırılmış olmaktadır.

Ne oldu? Kent modern oldu...! Geniş caddenin iki tarafına yapılmış çok katlı apartmanlarda kimler oturur. Tanıyan yok! İhtiyaçları nedir? Bilen yok. Kaldırımdan yüzleri somurtkan ya da ellerindeki mobil telefona bakarak, hızla, yanından geçenleri tanımadan, selamsız geçen gençler ve insanlar kent kalabalığın arasında kayboldu...!

Onlarca yıl alışılmış yaşam alanı olan kahvehane kapanınca, kent büyüdü, modernleşti ama o mahallede insanlık, samimiyet, tanışıklık, küçüldü hatta yok oldu. İnsan kendini yalnız, mahzun hissetti ve asabileşti. Psikiyatr ve ilaç müptelası oldu.

Sonuçta gelinen nokta bu oldu.

İÇİNDEKİLER

KAHVEHANE

Girince kahvehaneden içeri

Muslukta bardakları parlatırken

Ocakçı İhsan işinde dalgın

Sokulmuş soba başına boyacı işsiz İhsan

Duvar rafında cızırtılı radyodan

Alınan önlemlerle İşsizlik azaldı derken spiker

Dışarıda zemheri soğuk ilikleri dondururken.

Kahvehaneler çeşitlidir. Hemen hemen her il, ilçe ve köylerde bulunan, daha ziyade erkeklerin gittiği, sohbet ettikleri, çay, kahve, ayran, meşrubat içtikleri sosyal toplanma mekanlarıdır.

Kahvehane sahipleri buraların işletmecisidir. Genellikle bir veya iki işçi çalıştırılan ticari işletme olması nedeniyle, iş yeri sahibi geçimini bu yolla sağlamaktadır.

Genelde kahve ve çay satarak elde edeceği meblağ azdır. Kıt kanaat geçinme durumundadır. Çokları kumar oynatarak mano toplarlar. Özellikle açık veya kapalı poker oynatırlar. Bu mano onları ne de olsa takviye edicidir. Kanunen yasak olmasına rağmen, bu yolu mecburen seçerler. Yoksa, dara düşecekleri gün gibi aşikardır. Çarkı döndüremezler!

Büyük para kaybeden bazı müşteriler, daha doğrusu kumar müdavimleri, kaybetmenin verdiği sıkıntıyla kahvehaneyi polise jurnal etmeleri de olağan işlerdendir.

Sadece bunlar değil, rakip kahveci de jurnalci olabilir. Böylelikle kapatılan kahvehanenin müşterileri jurnal eden kahvecinin kahvesine giderler. Değişen yine bir şey olmaz. Kumar müdavimleri bu sefer jurnal edenin kahvehanesinde kumarlarına devam ederler.

Esasen bu gibi kapatmalar yılda iki veya üç

defa vuku bulur. Jurnal eden hangi masada kumar oynanıyor onu polise bildirir. Taharriler kahvehaneyi basarak masa üzerinde bulunan tabelaya el koyarlar ve savcılığa delil olarak verirler. Taharri polisler baskın yapılacak günü ve saatini jurnal edenle kararlaştırırlar. Jurnalci önceden kahvehaneye kendisi veya güvendiği bir arkadaşını gönderir. Kumar hangi masada ve kimler tarafından oynanıyor? Oynayanlardan peşin alınan teminat paraları kahvecinin hangi cebinde saklanıyor? Polislere bu bilgi aktarıldıktan sonra, gizli bir işaretle haberleşirler ki, genelde bu bilgiyi toplayan kahvehaneden dışarı çıkar, dudakları arasına bir sigara koyar veya elindeki tespihi ya da zinciri üç kere parmağına dolar... İşareti alan Taharriler hızla içeri dalarak, kumar masasına el koyarlar. Kahveciyi derdest ederek, teminat paralarına el koyarlar. Kahvehaneyi mühürleyerek kumarcıları ve kahvehane sahibini, ocakçıyı, garsonu savcılık makamına götürürler.

Savcılık kahvehane sahibinin ifadesini

alarak, iki üç gün ya da bir hafta kapatılmasına ve miktarı az olan para cezası ile cezalandırılmasına karar verir. Ya da mahkemeye sevk eder. Ceza genelde değişmez!

Kahvehane müşterileri o mahallede ikamet edenlerdir. Değişik mesleklere sahiptirler ya da işsiz-güçsüz takımındandır. Küçük sanayide çalışan oto veya motosiklet tamircisi, bahçıvan, çoban, fabrikada işçi, pastane veya fırın işçisi, emniyet bekçisi, emekli polis, emekli öğretmen, memur, mahallenin muhtarı, berber, aşçı, çöpçü, arabacı, faytoncu, taksici, minibüs şoförü, boyacı gibi buna benzer kişilerdir.

Kahvehaneye o mahallenin dışından yabancı biri çay veya kahve içmeye gelmişse hemen tanınır. Kahvehanede masalarda oturanlar yeni gelene kaçamak bakışlarla nazar ederler ve birisi garsona kaş göz işaretiyle;

"Sor bakalım kimmiş?" Anlamında bir işaret çakarak, mahalleye yeni taşınan biri mi?

Yoksa öylesine gelmiş biri mi? Merakla öğrenmek isterler.

Garson öncelikle ona birkaç defa bakar ama arzusunu hemen sormaz! Birkaç dakika sonra yanına gelerek:

"Ne arzu etmiştiniz?"

Eğer kravatlı, takım elbiseli biriyse, konuşmasını daha nazikleştirerek:

"Ne emredersiniz beyefendi?" şeklinde hitap eder.

Müşteri çay söylemiş ise başka, kahve söylemiş ise garsonun tavrı başka olur.

Eğer "çay alır mısın?" demiş ise, garson bulunduğu yerden ocakçıya bağırarak:

"Demli bir. Sağlam olsun!"

Eğer kahve söylemiş ise Ocakçıya yaklaşarak alçak sesle:

"Beyefendiye orta şekerli, kallavi olsun!" diyerek, yeni müşterinin masasının üzeri isterse temiz olsun, olmasın omuzuna attığı havlu ile şöyle üstünkörü silerek temizleme işlemi yapar.

Maksat müşteriye saygılı davranarak, kahvehaneye her daim gelmesini sağlamaktır.

Kahvehanenin değişmez oyunu tavla, pastra ve okeydir. Tavla masası diğer oyun masalarından farklı olup daha küçük ve alçaktır. Diğer oyun masaları kare şeklinde bire-bir metre kare, biraz daha büyük olabilir. Üstü renkli, genelde yeşil ve mavi tercih edilir. Çuha kumaşla örtülüdür. Maksat iskambil kağıtlarının ve okey tahtalarının kaymaması içindir.

Bazı iddialı müşterilerin özel tavla karşılaşmaları çok ayrı bir tat verir. Seyircisi çok olur. Oyunu kaybeden, seyredenlerin çay ve meşrubat paralarını öder. Bu tavla oyuncuları çok ustadırlar. Zar tutarlar. Bunun için zarlar bir fincan veya bardak içine konularak yapılacak bir hilenin önüne geçerek adaleti sağlamaktır.

Bazı tavla oyuncuları kendilerine güvenleri o kadar çoktur ki, hastalık derecesinde iddia sahipleridirler. Bunları birbiriyle kapıştırıp, hoş vakit geçirmek isteyen arkadaşları kızıştırmak için:

"Ahmet Bey diyor ki: Remzi Bey tavlayı fazla bilmez! Kaç defa yendiğimi ben bile unuttum. Bana rakip olamaz…!"

Bu söz Hasan'ı çileden çıkarmaya yeter de artar.

"Öyle uzaktan laf çarpmakla kendini üstün gösterme gayreti boşuna. İşte er meydanı!"

Ahmet, burun bükerek küçümser bir tavırla garsona seslenerek:

"Oğlum getir tavlayı şuraya. Alayım Remzi Bey'in ifadesini. Cesareti varsa geçsin karşıma…"

İş olgunlaşmış, yan masalardan oyuncuların etrafına, daha önce oturdukları sandalyeleri aceleyle getirip, iki usta oyuncuyu kapıştırmanın keyfiyle etraflarını sararlar.

Bu duruma uzaktan şahit olan ocakçı oyuncuları ve etrafındakileri sayarak bardaklara çayları koymaya başlamıştır bile. Nasıl olsa yenilen ödeyecektir. Ne kadar çay içilirse kazanç da o oranda olacaktır. Fırsatı kaçırmamalıdır.

Garson hızla tavlayı masaya koyar ve ocak başında çayları fenere dizip, vakit kaybetmeden masadakilere servis yapar. Bu çay servisi oyunun süresi içinde otomatik olarak, iki üç defa yerine getirilir.

Oyun süresince hiçbir seyirci oyuna müdahale etmez, taktik vermez. Yalnız bir kısmı birini, diğerleri diğer oyuncuyu tutarlar. Her bir set sonunda moral verilir.

"Remzi Bey zarı iyice çalkalamadan atıyorsun, istediğin gelmiyor, ya da üç kere salla karşıya vurdurarak at." gibi taktikler her iki tarafa da seyircilerce söylenir.

Kazanan tarafa oyun sonunda tezahürat yapılır. Tavla kapatılarak yenilenin koltuğu altına sıkıştırılmak istenir ama her defasında başarı sıfırdır. Yenilen kendisine uzatılan tavlayı verene dik dik bakar. Bu anda herkes kahkahayı basmıştır. Kahvehane çın-çın çınlatılır.

Yenilen ise, "Bunun rövanşı da var. Bugün şansızım! Gelecekte şapkanı ters giydireceğim! Tavlayı koltuğuna kesin vereceğim." Takılmaları olağandır. Ne demişler: "yenilen doymaz!"

Yukarı mahalleye giden caddenin kenarına dizilmiş iki kahvehane, erkek berberi, simitçi fırını, kömür ofisi, sebzeci, bakkal, kasap, ciğerci ve bunların aralarına serpilmiş tek ve iki katlı evlerle şirin bir cadde hafif bir rampa çıkışıyla uzayıp gitmektedir. Cadde trafik açısından o kadar sıkışık olmamakla beraber yine de seyrek de olsa kazalar olmaktadır.

Pancar yüklü yirmi tonluk kamyonun hafif rampa aşağı frenleri tam tutamadığından yük at arabasına çarpmış ve at yerde, bacakları karnına kadar yırtılmış, kanları caddenin yandaki yağmur ızgarasına akmış, ayakları kırık vaziyette can çekişirken, kazayı gören esnaf ve kahvehanede oturanların ricasıyla, atın daha fazla acı çekmesini önlemek için, hemen oracıkta boynu kesildi. Zaten ölmek üzere olan atın bu şekilde daha fazla acı çekmesine son verilmiş oldu.

Araba paramparça olmuş ve arabacı kahvehanede oradakilerin yardımıyla ayakta tedavi edilmekteydi. Allahtan arabacı kendini hemen arabadan atmış, yüzünde sıyrıklarla kurtulmuştu. Ocakçı bir bardak su getirerek arabacının geçirdiği şoktan kurtulmasını sağlamıştı.

İki kahvehane arasında yüz metre mesafe ya var ya yok. Genelde kahvehanelerin önünde biraz boşluk olur. Havalar yağışsız olduğunda içeride sıkılan birkaç kişi dışarıya sandalye atarak oturur. Çayını ve sigarasını burada içer. Genel bir prensip vardır. Gelip, geçen genç kız olsun, evli kadın olsun bakılmaz. Hatta oturanlar bu durumda tanıdık bile olsa görmemezliğe gelinir. Ayıp karşılanır. Racona da uygun değildir. Ne de olsa mahallemizin kızları, kadınlarıdır. Onlar da bunu bilirler. Rahatsız edilmeyeceklerini bildiklerinden geçip giderler ama onlar da başlarını döndürüp, kahvehaneye bakmazlar.

Eğer bir bayan kahvehanede bulunan kocasını veya babasını acil bir iş için çağıracaksa, kahvehane camının yanında durur, içeri giren birine veya çıkana: "Eşimi veya babamı çağırır mısın?" diyerek, dışarıda bekler.

Oturmuş bir âdet de eğer gençlerden birinin babası ve yaşça kendisinden büyük amcası, enişte ve ağabeyi varsa, kahvehaneye girmez. Bu saygı işaretidir. Yanında kendi arkadaşları varsa onlarda girmezler. Adap böyledir…

Kahvehanenin önündeki caddenin ilerisinden daima suyu bol olan akar geçmektedir. Bu akarın değişik yerlerinde köprüleri vardır. Akarın her iki yanı belediye tarafından ekilmiş çim, söğüt ve kavak ağaçlarıyla donatılmış, hoş bir görüntü sağlanmıştır. Ağaçlar en az elli yaşında vardır. Çarşı, pazardan gelenler yorgunluğunu biraz olsun gidermek için bu park çimenlerine oturarak dinlenirlerdi.

Akarın yüz elli metre ilerisinde su gücüyle çalışan bir değirmen gece yarılarına kadar çalışarak, öküz veya at arabalarıyla köylerden veya kentin kıyısında tarla sahibi olanların buğdaylarını öğütüp, un haline getirirdi. Bu unlar el dokuması yün telislere doldurulurdu. Değirmenin dışında konaklayan at ve öküzlerin sıvı, katı dışkılarıyla değirmende öğütülen unun kokusu birbirine karışarak tuhaf bir koku hasıl olur ama insanı rahatsız edecek derecede olmazdı! Oraya has özel bir kokuydu...

Değirmenin sahibi kentin eşrafından, zengin kumar düşkünü olarak bilinen ellili yaşlarda bir zattı. Çok fazla ortalarda görünmezdi. Daha ziyade "Şiş göbek" lakaplı, uzun boylu yakışıklı oğlu, iş zamanı bütün işi evirip çevirir. Müşterileri sıraya sokardı, hangisinin ne zaman buğdayını öğüteceğine karar veren de oydu. Nazik, saygılı biriydi. Haliyle sempatikti. Mahalleli severdi.

Her zaman değirmenin önünde sekiz, dokuz at, öküz arabası beklerdi. Özellikle harman bitimi daha yoğunlaşır, değirmenin sabaha kadar çalıştığı olurdu.

Akarda balık, kurbağa, sülük, su yılanı gibi canlılar yaşar, yazın sıcaktan bunalan kahvede oturan gençler akarın kenarına sadece külotu kalacak şekilde soyunup, köprüden suya atlayıp, yüzerek değirmenin çarkına varmadan sudan çıkarlar ve bunu her genç birkaç defa tekrarlarlardı. Sudan çıktıklarında genelde nadir görünmesine rağmen, vücudunun değişik yerlerine yapışmış sülük olurdu. Sülüğü deriden çıkarmak ayrı bir yetenek gerektirirdi. Her genç nasıl çıkarılacağını bilir ve sülüğü öldürmeden tekrar yaşam alanları olan, akara atarlardı. Sonra çimenlere yatarak güneşleyerek kendilerini kuruttuktan sonra kahvehaneye dönerlerdi. O muhitte yüzme bilmeyen hiçbir genç yoktu. Akar bunların eğitim ve rahatlama yeridir.

Burada hazin bir olay gerçekleşmişti. Değirmenin sahibi, işi çok yoğun olduğunda, değirmene gelen ekici gençlerinden birini veya ikisini işe alıp, çalıştırırdı. Bu iş süresi genelde bir ayı geçmezdi.

Değirmende çalışan on yedi yaşında bir genç, üç hafta kadar çalıştıktan sonra, parasını alıp, ayrılmak için patrona başvurmuş. Değirmen sahibi:

"Ne parası, işin yoğun olduğu zamanda bırakıp, gidiyorsun. Defol! Gözüm görmesin seni!"

Demesi üzerine; gençle itişip, kakışırken değirmen sahibi onu korkutmak amacıyla, Ağzı dikili buğday çuvallarının ipini kesmede kullanılan ekmek bıçağını alarak, gencin üzerine hamle yapınca, genç daha atak davranarak bıçağı patronun elinden alarak, onun karnına sapladığı gibi kaçmıştı.

Değirmenci orada bulunan at arabasıyla

yakındaki Devlet Hastanesine götürülmüş, fazla kan kaybından ve iç kanamadan vefat etmişti. Böylece paraya çok düşkün ve çevrede fazla sevilmeyen bu zat hayata veda etmiş ama bir gencin de katil olmasına ve hapishanelere düşmesine sebep olmuştu.

Eskiden ilkokul olsun, ortaokul, lise olsun yaz dönemi okul bitirme sınavları olurdu. Her dersin hem yazılı hem de sözlü sınavları yapılırdı. Sözlü sınavları teşkil edilen öğretmenlerden bir komisyon önünde, öğrenciler tek tek komisyon önüne çıkarak, tüm okul dönemindeki gördüğü dersler ve konulardan mesuldü. Her öğretmen sorular sorar, aldığı cevaplara göre değerlendirir ve yazılı sınav, sözlü sınav ile karne ortalaması onun gerçek notu olurdu. Bütün derslerden ortalama veya daha üst not almış olanlar mezun olur. Diploma derecesini bu sınav sonucu belirlerdi.

Yaz günüydü. Kahvehanenin önündeki güneşlik tentesi açılmış, birkaç genç bu tentenin verdiği gölgenin altında kimisi çay içerken, biri de soğuk gazoz içerlerken, akar kenarında bir kadının bağırış duyuldu:

"Çocuk akara düştü! Kurtarın! Kurtarın!"

Kahvehane önünde oturan gençler kadının çığlıklarını duyup, ellerindeki çay bardağı ve gazoz şişesini sehpa üzerine bıraktıkları gibi sesin geldiği tarafa koştular.

Beyaz pantolon, mavi gömlek giymiş gençlerden biri tereddüt etmeden suya balıklama atladı. Hızla yüzmeye başladı. On iki yaşlarında bir çocuk su yüzüne bir çıkıyor, bir batıyordu. Akarın akıntısı onu değirmene doğru sürüklemekteydi. Kurtarmak için sudaki genç suya dalarak suyun dibine batmış çocuğu dışarı çıkardı ve koşarak onu takip eden gençler, çocuğu kolundan tutup, çimenlerin üzerine yatırdılar. Kusması ve yuttuğu suları çıkartması için önce yan yatırdılar sonra, ayaklarından tutup başı yere değmeyecek şekilde birkaç kez salladılar. Yüzükoyun çevirerek sırtına masaj uyguladılar. Çocuktan epeyce su çıktı. Gözlerini açınca orada biriken meraklılarca alkış yağmuruna tutuldu. Çocuğun suya düştüğünü gören kadın, heyecan ve sevinçten ağlıyordu. Kurtarıcı genç de sudan çıkmış, ıslak elbiseleriyle şapur, şupur kahvehaneye doğru yürürken, boğulma tehlikesini atlatan çocuğun ağlama sesi ortalığı çınlatıyor, şok geçiriyordu.

Bir müddet sonra çocuk iyice kendine geldi. İlkokul bitirme sınavından çıkmış, dalgın dalgın akarın kenarında yürürken nasıl olduysa dengesini kaybedip, suya düşmüştü. O sırada pazardan gelmekte olan bir kadın onun düştüğünü görünce çaresizce bağırmaya başlamıştı.

Çocuk ağlamasını kesmiş, ıslak siyah ilkokul üniforması ve elbisesiyle şaşkınca:

"Böyle ıslak eve gidersem annem beni döver. "Diyerek tekrar hıçkırmaya başladığında, orada onu seyreden yaşlı bir amca çocuğun elinden tutarak beraberce çocuğun evine doğru yürümeye başladılar. Herhalde bu yaşlı şahıs onu tanıyor veya komşusu olabilir...!

Akarda bu gibi olaylar özellikle yaz dönemlerinde olurdu. Kahvede oturan gençlerin pek çok insan ve hayvanı sudan çıkarması olağan işlerdendi.

Ağaçlık ve yeşillik olduğu için haliyle kuşların da ağaçlarda yuvaları olurdu. Kediler burayı mesken tutarlardı. Çok defa kuş avlama heyecanıyla kedilerin suya düştüğü olurdu. Kediler ya kendileri dışarı çıkar ya da gören biri olursa kurtarılırdı. Bazen de kedi sudan çıkamaz, değirmenin su içindeki çarkına takılarak boğularak ölürdü.

Akarın ana su kaynağı on beş kilometre ötede inşa edilmiş sulama barajından gelirdi. Senede bir iki kere regülatör vasıtasıyla kesilirdi. Akarın yatağına atılmış şişeler, teneke kutular, çok miktarda çamur hatta bisiklet dahi çıkarıldığı olmuştu. İşte bu zamanlarda değirmen çarkının önüne yapılmış, kanalın yarısı mesafesindeki, beton havuzun içi temizlenirdi. Her zaman temizlik sırasında birkaç kedi ölüsü olurdu. Bu havuza yayın balığı takılırdı. Değirmen sahibinin oğlu bu anı kaçırmaz. Su seviyesinin düşmesiyle, çarkın bulunduğu havuza elini daldırarak balığı dışarı çekip alırdı.

Balığın on, on beş kilo çekenlerine rastlanmıştır. Kocaman bir ağzı, bıyıkları olan balığın etinin tadına doyum olmazdı. Değirmenin bahçesinde balık büyük bir tava içinde parçala ayrılır ve Vita marka margarin yağında kızartılırdı. Tavası tercih edilirdi. O zaman değirmende çalışanlar bu lezzetli, oldukça yağlı balıkla kendilerine ziyafet çekerlerdi. Değirmen kahvehaneye yakın olduğu için, balığın kokusunu alan gençler seğirterek koşar adım bu ziyafete katılırlardı.

Mahallenin yaşça büyük, askerliğini yapmış gençleri, kendinden küçükleri kollar ve denetlerlerdi. Özenip sigara içen çocukların ceplerini kontrol eder, ağızlarını koklar, eğer sigara içtiğini anlarlarsa o çocuğun yüzüne bir şamar yapıştırırlar ve nasihat ederlerdi.

Kahvehane mahallenin adeta kontrol kulesi gibi işlem görürdü. Hatta bu gençler çocukların okul durumlarını da takip ederler, okulu kıran, derslerine önem vermeyenlere ya kızarlar ya da babana bunu söyleyeceğim diyerek tehditkâr tavırlarıyla onların dikkatlerini çekerlerdi. Ama hiçbir zaman söylemezlerdi. Daha doğrusu abilik raconuna ters olurdu. Bu ikaz çocuk üzerinde gerçekten çok etkili olurdu.

Kahvehanenin hemen girişinde sağ tarafta bulunan çekmeceli masa mahalle muhtarına tahsis edilmiştir. Mahalleli onu bilir ve hiçbir kimse oraya oturmazdı. Muhtar olmadığında yorgunluğunu gidermek için çok samimi ahbabı geldiğinde kahvehane sahibi yakını oturabilirdi. Bilmeyen biri oturduğunda müşterilerden biri;

"Arkadaşım! Orası patronun yeri bak! İleride boş sandalye var." gibi müdahaleler olurdu.

Muhtar sabah ve öğleden sonra

kahvehaneye uğrar. Onun geliş saatleri mahalle sakinlerince bilindiğinden ikametgâh, nüfus formu, vefat, varsa kayıt için gelirlerdi. Muhtar masanın çekmecesine koyduğu ıstampasını, kaşesini formları masa üzerine düzgünce yerleştirir. Ceketinin iç cebinde sakladığı muhtarlık mührünü açık olan ıstampaya koyar, tek tek istekleri yerine getirirdi.

Kahvehane sadece sohbet edilen, oyun oynanan ve muhtarlığın yeri olmayıp, bir yerde sözlü haber alma kaynağıdır. Kim vefat etmiş, kimin sünneti var, evlenme düğünü var. Öğrenilir…

Kahvehane sabah yedi gibi açıldığında; garson yakındaki bakkala giderek, gelen yerel ve ulusal yayın yapan gazetelerin önemlilerinden birer tane alarak masalara tek tek dağıtır. Çoğu müşteri gazete okumak için kahvehaneye uğrar. Bazı gazeteler bulmaca eki verdiğinden onları çözerler. Daha ziyade buna düşkün olanlar emekli yaşlı kimselerdir.

Gençler daha ziyade spor sayfalarına düşkündürler. Günün yazılarından tuttukları takım hakkında ve hafta sonu oynanacak karşılaşmalar hakkında fikir ileri sürerler. Nadir de olsa itişip, kakışmalarda olmuştur. Araya fanatik olmayan arkadaşları girerek işin daha fazla büyümesini önlerler. Sonuçta; her iki taraf el sıkışarak barışırlar. Sanki hiç takışmamışlar gibi sohbetlerine devam ederler.

Kahvehane işçi bulma kurumu gibi de vazifesi vardır. Servis şoförlüğü yapan Turhan Abi iki gündür sabahları, hem de iş günü olmasına rağmen, kahvede oturuyor ve her yarım saatte bir sigara içiyor. Bu kahve ocaksının gözünden kaçmıyor. Kendisine:

"Turhan işten mi çıktın?"

"Dün işimi bıraktım. Daha doğrusu bıraktırıldım."

"Sen şoför adamsın. Sana iş mi yok.!"

"Suat Abi her yerde sıkıntı var. Önüne gelen şoför oluyor. İş bulmak bu zamanda zor."

"Aklıma geldi. Şu ardiyenin sahibi Yusuf var ya oğlu askere gitti. Onun şoföre ihtiyacı olabilir. Git kendisiyle konuş. Soma'dan kömür çektirecek, aynı zamanda evlere servis için de şoföre ihtiyacı olabilir. Senden iyisini mi bulacak..."

Turhan bir haftadır Soma'dan kamyonla kömür çekiyor. İş bitiminde seyrek de olsa kahvehaneye uğruyor. Evinin maişetini bu sayede devam ettiriyor. Eh patronun oğlu askerden gelene kadar işi tamam. Ondan sonrası; Allah Kerim!

Ufak tefek işler içinde kahvehane tam bulunmaz yerdir. Çatın mı akıyor? Evin mi boyanacak? Su tesisatında sızıntı mı var, bahçendeki ağaçlar budanacak mı? İlaçlanacak mı? Tavana avize mi takılacak? Hepsinin çözümünü gönüllü tavsiyecilerin yol göstericiliği veya oraya uğrayan bu işlerin kalfaları, ustalarınca bulunabilirdi.

Yıllar hızla gelip geçtikçe mahalle

kültüründe büyük değişmeler oldu. Kahvehanenin önünden geçen akarın üstü kapatıldı. Etrafındaki kavak ve salkım söğüt ağaçları kesildi. Çimler yok edildi. Tesviye edilerek cadde ile birleştirildi. Değirmen kaldırıldı.

Kente yakın tarlalar imara açıldı. Yedi, sekiz katlı apartmanlar yapıldı. Kente büyük göç nedeniyle demografik yapısı değişti. Kahvehanenin olduğu yerler yıkılarak oraları da cadde ile birleştirildi. Bakkal, berber, kasap, elektrikçi, ayakkabı tamircisinin yerinde yeller esti. Ufak işler için aranan kalfa ve ustalar yok oldu. Kahvehane olmayınca, sohbetler kayboldu. O insani sıcaklık kayboldu. Kimin düğünü, mevlidi var bilinmiyor. Gençler kayboldu. Emekliler kayboldu. Tanış insanlar birbirinden uzaklaştı. Samimiyet kayboldu. Ateşli tavla müsabakası ve işsiz gence iş tavsiyesinde bulunan yok oldu. Yayın balığı ziyafeti kayboldu. Değirmenin o hoş, özel kokusu artık yok.

Kahvehane yoksa insanların birbiriyle

istişare, muhavere edecekleri sosyalleşme alanı kapanmış ve yok edilmiştir. Mahalle insanlarını bir arada tutan, yakınlaştıran mahallelik artık yok!

Ne oldu? Kent modern oldu...! Geniş caddenin iki tarafına yapılmış çok katlı apartmanlarda kimler oturur? Tanıyan yok! İhtiyaçları nedir? Bilen yok. Kaldırımdan yüzleri somurtkan ya da ellerindeki mobil telefona bakarak, hızla, yanından geçenleri tanımadan, selamsız geçen gençler ve insanlar kent kalabalığın arasında kayboldu...!

Onlarca yıl alışılmış yaşam alanı olan kahvehane kapanınca kent büyüdü, modernleşti ama o mahallede insanlık, samimiyet, tanışıklık, küçüldü hatta yok oldu. İnsan kendini yalnız, mahzun hissetti ve asabileşti. Psikiyatr ve ilaç müptelası oldu. Sonuçta gelinen nokta bu oldu.

AYAKÇILAR

Güneşin batışıyla sokak lambalarının yanması bir olmuştu. Haddizatında hava tam kararmadığı halde, lambaların yanması israf değil mi? Cadde üzerinde seyreden motorlu araçların hiçbirinde henüz farlarını açan sürücü yoktu.

Kent orta büyüklükte ve nüfusu henüz beş yüz bini dahi bulmamıştı ama dinamik, hareketli gençleri, nüfusun yarısından fazlaydı. İki üniversitesi ile ülkenin her yerinden okumak için gelen gençlerinin beğendiği, özellikle geceleri, bu gençlerin kafeterya ve barlarda günün yorgunluğunu atmak için toplanması, her keseye hitap eden yüzlerce iş yerinin cazibesine kapılmaması imkansızdı.

Kızlı-erkekli bu mekanlar hoş ışıklandırmalarıyla daha da cazipleşiyordu. Bu mekânların sahipleri gençlerin dilinden anlayabilecek, onlara yakın yaşlarda gençleri işe alıyordu. Bu gençler hem üniversitede okuyup hem de çalışarak, ailelerine yük olmak istemeyen dar gelirli insanların çocuklarıydı.

Üniversitelerin kırk bini aşan öğrenci içinde en az beş yüze yakını buralarda iş bularak hem eğleniyor hem de müşteri olarak tanış olduğu arkadaşlarını bu mekanlara çekerek, müşteri portföylerini genişletiyorlardı. Patronları tıklım tıklım dolu olan mekanlarında para kazanmanın keyfini yaşıyorlardı.

Gece karanlığı iyice çökmeye başladığında farklı zevkleri olan, her mekânda gençlerin hoşlandığı popüler müzikler, insanı rahatsız etmeyecek şekilde, bu mekanların önlerindeki caddeden geçen orta yaşlı insanlara da cazip geliyor. İşinden evine gitmekte olan pek çok insan da bu mekânlara rahatlamak için kısa süreli de olsa uğruyor ya bir tek atıyor ya da soğuk bira ve kızarmış patates cipsle günün iş yorgunluklarını atıyor olmaları olağandı.

Gecenin ilerleyen zamanlarında bazen konservatuar öğrencilerinden kurulmuş küçük orkestraların canlı müzik yapmaları mekânın coşkusunu arttırmakta ve bu orkestra elemanlarına da küçük de olsa bir kazanç sağlamaktaydı.

Hafta sonları buralarda masa bulmak bazen o kadar da zordu ki, küçük münakaşalar ve kavgalara şahit bile olunmaktaydı. Patronlar ve çalışanlar bu durumda hemen olaya müdahale ederek, olay fazla büyümeden tarafları yatıştırma gayreti içine giriyorlardı.

"Lütfen beni dinler misiniz? Bakın! şuraya küçük bir masa çıkaralım. Görüyorsunuz bugün tüm mekân dolu ama sizi burada ağırlayabiliriz. Ne dersiniz?" şeklindeki gibi bu tür müdahaleler ve çözüm yolları her zaman barışla son bulmaktaydı. Birbirleriyle atışanlar arasında masadan masaya ikramlarla bir tür sulh pekiştirilmesi gençlerin arasında sıklıkla vukuu bulmaktadır.

Çalışanlar böyle durumlarda araya girerek, aralarında münakaşa edenlerin barışmasını sağlayarak, işyeri çalışanlarını ve patronu oldukça rahatlatmaktaydılar. Çünkü, tıkır tıkır para kazanan bu dükkanlarda kavgaların uzayıp gitmesi, yaralanmaların olması ve hele de polislerin olaylara müdahale etmek için gelmesi, ambulansın ve asayiş ekiplerinin araçlarının değişik renklerdeki ışıldakları ile yer almaları, müşterileri tedirgin etmekte ve neşelerinin kaçmasına neden olmaktadır. Haliyle bu mekanlara gelenlerde azalma olması gibi bir durumun kaçınılmazlığı imkân dışı değildir. Buna benzer hadiselerin olması o işletmenin adının lekelenmesine ve kazanç kaybına neden olabilecek, hatta sonunda mekânın kapanması içten bile değildir.

Alkol alınan yerlerde, hele de gençlerin alkole karşı dirençlerinin azlığı, sapur supur konuşma ve hareketlerini tam olarak kontrol altında tutamamaları gibi sebeplerle, bazen birtakım olumsuzlukların yaşanması sıklıkla görülmektedir. Çok ileri gidenler, ortamlarda dengesiz ve küfürlü konuşmalar, elbette ki müşteriler arasında rahatsızlık yaratmaktadır. Yanında kız arkadaşı olanlar arasında "bakıştı!" türünden tartışmalar yumruklu kavgalara bile sebep olduğu nadiren de olsa görülmektedir. İşte bu yüzden taraflara ani müdahalede bulunmaları için, tecrübeli patronlar garsonlarına nasıl davranacakları konusunda uygulamalı ve hatta olayın içinde olmak suretiyle, sükuneti sağlama eğitimini vermektedirler.

Garsonlar sık sık masalar arasında dolaşarak, ama tedirgin etmeden müşterilere göz kontrolünde bulundurmakta, masalar arasındaki uzaktan birbirleriyle konuşanları dinleyerek bir olayın çıkıp çıkmayacağı öngörülebilmiş veya geçmiş tecrübeleri doğrultusunda oluşabilecek bir durumu anında değerlendirebilecek kabiliyettedirler.

Yaz günleri Anadolu oldukça sıcaktır. Akşam olunca, serince bir rüzgâr sokakları yalar. Yere atılmış kâğıt parçaları, izmaritler, plastik su şişeleri rüzgârın etkisiyle sağa sola savrulurlar. Sıcaktan evine kapanmış insanlar yavaş yavaş sokaklarda görünmeye başlarlar.

Özellikle çocuklar evde kapalı kalmanın sıkıntısını sokakta arkadaşlarıyla bağıra çağıra coşkuyla oynarlar. Onların sesleri bir nevi evin içindeki ebeveynlerini dışarı çıkmaları için, bilinç dışı davettir.

Emine Teyze'nin evinin arkasında küçük bir avlusu güneybatıya baktığından, öğleden sonraları güneşi tam gördüğünden, çok da sıcak olmaktadır. Avluya çıkmak kaynar su havuzuna atlamak gibidir. Fakat evinin önü kuzeydoğu yönüne baktığından, tek katlı evinin cümle kapısındaki sahanlığın gölge olması oraya serinlik getirmiştir.

Sıcağın etkisiyle evin içinde mahmurlaşmış vaziyetteki yetmiş yaşını bir hayli geçmiş Emine Teyze, sokakta oynayan çocukların gürültüsü ve coşkulu sesleriyle uyanmıştı. Elinde küçük minderiyle, gölge düşmüş ve serin olan sahanlığın içine, girişi kapatmayacak şekilde, minderini yere sererek oturdu. Kendisini gören karşı komşusu Emine Teyzenin kapı önüne oturduğunu gördüğünde o da minderini alarak onun yanına oturdu.

"Emine Teyze! Maşallah! serin yeri

bulmuşsun. Gün boyu ne kadar sıcaktı. Oh! Şuracığa da ben oturup, nefesleneyim."

"Öyle kızım. Ben de içeride çok bunaldım. Çocukların sesiyle kendime geldim. Burası ne de olsa serin. Geldiğin iyi oldu. Yalnızlık çok kötü."

"Nasılsın Teyze?"

"İyi diyelim. İyi olalım! Şu dizlerim sızım sızım sızlıyor. Doktor ağrı kesici hap verdi. İçince birkaç saat iyi... Sonra tekrar sızı başlıyor."

"Teyze! fazla ağrı kesici içmenin zararı varmış."

"Neymiş zararı?"

"Mideye dokunuyormuş."

"Aman kızım. İçmesen de zaten ağrıya dayanılacak gibi değil...!"

Buna benzer konuşmalar rutin hale gelmiştir. Kim bilir ağrı sızı muhabbeti kaçıncı defadır tekrarlanmaktadır...

"Emine Teyze, torunun Burhan'ın durumu ne oldu?"

"Çok şükür! Savcı yaşı küçük olduğu için salıvermiş ama mahkemesi devam edecekmiş."

"İnşallah beraat eder!"

"İnşallah! O'na da üzüntümden mi neden? ağrılarım bugünlerde pek arttı."

"Olabilir...!"

Burhan zayıf ufak tefek ama çok asabi, az konuşan ve konuştuğunda yere bakarak heceleyerek yavaş bir tempoda, sözleri ağzından sanki cımbızla alınıyor gibi bir üslubu olan, on yedi yaşın içinde, babaannesinin yanında babasız büyümüş bir gençtir. Babasını hiç hatırlamamaktadır.

Babası kiremit fabrikasında usta işçi iken, eşinin kendisine ihanet ettiği zannıyla, mahalle bakkalı Rüstem'i ve kendi eşini ruhsatsız tabancasıyla vurarak öldürmüş, kendisi de aynı tabancayla intihar ederek hayatına son vermişti.

Burhan ilkokul birinci sınıfa geçtiğinde babaannesine:

"Her çocuğun annesi, babası var. Benim neden yok?" dediğinde, babaannesi bir anlık şaşkınlıktan sonra, olayı kendisine anlattığında, Burhan'ın elleri titremiş ve üzüntüsünden baygınlık geçirmişti. Birkaç gün hiç konuşmamıştı.

İşte! O gün bugün, içine kapanmış, asabileşmiş, kavgacı geçimsiz, laf söz dinlemeyen bir insana dönüşmüştü. İlkokulu öğretmeninin özel gayretiyle zar zor bitirebilmişti.

Beş gün önce yaya kaldırımında yürürken kendisine tesadüfen çarpan aynı yaştaki bir gencin bacağına aniden cebinden çıkarttığı çakısını saplamış ve hiçbir şey olmamış gibi aynı yürüyüş temposuyla yoluna devam etmişti. Olayı gören çevre esnafı durumu polise bildirmiş, çok geçmeden yakındaki polis ekibince yakalanarak, sorgulanmış ve savcılık yaş durumundan, yargılanmak üzere adli takiple serbest bırakmıştı.

Buna benzer hırçınlığı ve şiddete olan eğilimi giderek artmış, söz dinlemez, nasihatlere kulak asmaz olmuştu. Hatta bir keresinde yaşı küçük olduğundan semtin kahvehanesine girmiş, kahveci:

"Oğlum kusura bakma bak! Duvarda ne yazıyor. On sekiz yaşından küçükler giremez!" dediğinde caddeye bakan büyük cama bir tekme atarak paramparça hale getirerek kırmış ve cebinden çakısını çıkararak kahveciye saldırmıştı. Kahvedeki müşteriler araya girerek zor sakinleştirmişlerdi.

On iki yaşındaki bir çocuğun bu derece saldırganlığı herkesi şaşırtmıştı!

"Bu çocuk büyüdüğünde ve böyle giderse topluma bela olur!"

Gerçekte yaşı büyüdükçe polislerce iyice tanınmış, hatta kendisinden çekinenler olmuştu. Hiç yüzü gülmeyen, yere bakarak yürüyen, içine kapanık, arkadaşı olmayan garip bir hale bürünmüştü.

Babaannesi ve onun komşuları Burhan'dan çekinir olmuşlardı.

O yıl ortaokula kaydını yaptırmamıştı. Çok kısa bir zaman önce mobilyacıda iş bulmuş, haftalık otuz liradan çalışmaya başladığında, hırçınlığı biraz azalmış ama suskunluğunu bozmamış, onu tanımak isteyen usta ve kalfanın sorularını ya evet veya hayır sözcükleriyle kısa ve baştan savma cevaplarıyla karşılık vererek geçiştirmekteydi.

Kış mevsimi Anadolu'nun bu kentinde oldukça soğuk, karlı, buzlu ve don olayları Mart başına kadar eksili, kısa süreli de olsa artılı sürmektedir. Mart ayı içinde kış; yağmur ve sulu sepken karlı yağışlarla devam eder.

Dar gelirli aileler için kış çekilmez işkenceye dönüşür. Isınmak oldukça masraflıdır. Zatürre, romatizma, verem gibi mikrobik ve ağrılı hastalıklar çok sık görülür.

Mahalle camisi Burhan'ın evine takriben yüz metre ilerisindeydi. Ocak ayının ortaları olmuştu. Sabah ezanı okunmaya başladığında, ezanın sesiyle uyuduğu yer yatağından gözlerini açıp, doğrulduğunda odanın içinin çok soğuk olduğunu titreyerek hissetti ve tekrar yastığa başını koyarak yorgana sıkıca kendini sardı.

Uyandığında hava iyice aydınlanmış ve babaannesi sobaya odun atarak odayı ısıtmış ve soba üzerinde demlediği çaydanlıktan fıkır fıkır kaynama sesini duyduğunda yataktan çıkıp, sobanın yanına sokuldu.

Bir küfür savurarak: "Ne işim var ulan bu soğukta işe gideceğim."

Babaannesi zeytin, margarin yağını, çay bardağı ve toz şekeri yere serdiği sofra bezinin üzerine koyduğu tahta sofranın üzerine itina ile koyduğunda:

"Güzel oğlum işini bırakma, bu sanatı iyice öğrenince kendine dükkân açarsın. Geçinip, gidersin...! Bu devirde bir zanaatın olması seni aç açık bırakmaz.”

Burhan sobanın rehaveti içinde, başı önüne eğik hiç sesini çıkarmadan olumlu, olumsuz bir yanıt vermemiş, düşüncelere dalmıştı.” Babaannesinin:

“Burhan çayını koydum!” ikazıyla kalkmadan oturduğu yerden kıçını sürükleyerek, dizlerini altına kıvırıp, her zaman yaptığı gibi sofra bezini ucundan kaldırarak dizlerinin üzerine sererek kahvaltısına başladı.

Babaannesine Kaymakamlık, ayda iki yüz lira para yardımında bulunuyordu. Bundan başka para geliri yoktu. Torununun haftalığı nispeten sıkıntısını gideriyordu. Soğuklar başlamadan kömür ve odun yardımı idareli kullanırsa kışı çıkartabiliyordu.

Kahvaltısını yapan Burhan “elhamdülillah” diyerek sofradan kalktı. Sobanın yanına önceden neminin gitmesi için koyduğu sigara paketinden bir sigara çekerek yaktı. Küçücük olan odayı kesif sigara dumanı kapladı. Giyindi ve işine gitmek için sabahın ayazında sokağa çıkarken:

"Ben çıkıyorum!" diyerek evden ayrıldı Yaşlı babaanne uğurlamak için kapıya seğirtti ama torunu çoktan hızla sokağa çıkmış ve küçük yaşına bakmadan elindeki sigarayı savurta savurta içerek sokak başına varmıştı bile...

Aradan beş yıl geçmişti. Babaannesi ateşli bir hastalığa yakalanmıştı. Ateşi kırka çıkmış, komşuları ambulansla hastaneye kaldırmışlar ve zatürre teşhisi konulmuş, yoğun bakıma alınarak tedaviye başlanmasına rağmen, bir gün sonra sabaha karşı Hakk'ın rahmetine kavuşmuştu. Kimsesi olmayan Emine Hanım'ın cenazesini hastaneden komşuları alıp, gerekli dini vecibeleri yerine getirdikten sonra, kent kabristanına defnedildi.

Burhan bıçakla adam yaralamaktan, ceza mahkemesi tarafından bir yıl hapis cezasına çarptırmış ve Burhan kentin çocuk ceza ıslah evinde cezasını çekmekteyken, babaannesinin cenazesine katılmak için savcıdan izin istemiş ve bu istek savcılıkça olumsuz karşılanmıştı. Burhan sabaha kadar ağlamış, sigara üstüne sigara içmişti.

Cezaevinde değişik suç işlemiş uyuşturucu müptelası çocuklarla tanışmış. Zulada hapishaneye sokulan esrar, uyuşturucu hap gibi narkotik maddelerin müptelası olan, aynı zamanda bu maddelerin ticaretinde aracılık yapan bu çocuklar, Burhan'ı alıştırmışlardı. Çok çakal olan, narko piyasasında gözü açık bu çocuklar Burhan'ın gözü pek, dayanıklı, yılmayan bir kişilikte oluşunu anlamışlar:"

"Buran! (Buradaki, takma lakabı.) çıkınca bu işte acayip para var. Müşterisi de gani...!

Teklifleriyle havadan para kazanmanın yollarını Burhan'a anlattıkça, iştaha geliyor. Tatlı rüyalar görüyordu…

Bu işi yapan arkadaşlarının içinde en uyanığı, "Kirli Necmi" kentin bütün satış noktalarını hepsini biliyor ve narkotik malları oralara toptan vererek parasını peşin alıyordu.

Ceza ve ıslah evinde zor geçen ama yeraltı dünyasının dönen dolaplarını bizzat bu işin uzmanlarından öğrenen Burhan:

"İş tam bana göre!" hayaliyle cezaevinden çıkalı beş gün olmuştu. Babaannesinin kabrini ziyaret etmiş, dua bilmemesine rağmen, "affet!" diyerek ellerini açmış ve "âmin" diyerek yüzüne sürmüştü.

Kirli Necmi ondan bir buçuk ay önce tahliye olmuş, cezaevi müdüründen her zaman olduğu gibi mutat nasihatleri almış ve tabii ki, Kirli'nin bu nasihatler, bir kulağından girmiş, öbür kulağından çıkmıştı.

Adam kullanmayı iyi bilen Necmi on sekiz yaşına yeni bastığında; kendi kendine "Bir daha bu deliğe girersem bana da Kirli demesinler!" andı içmişti. Çıkmadan önce Burhan'a:

"Bak! Çıkınca Zort Hasan'ın kahvesinde beni bulursun. Yoksam da Zort Hasan beni nerede olacağımı bilir. Ona göre haberleşir. Buluşuruz...!"

Esasen mal Zort Hasan'ın zulasından bu ayakçılar vasıtasıyla piyasa yapmaktadır. Bu iş riskli olması dolayısıyla sadece bir- iki kişi buradan mal çekebilmektedir. Müptela olan kişilere Zort Hasan asla tevzi yapmamakta ve tedbiren Narkotikçilerin şüphesini çekmemesi için aldığı önlemdi.

Esrarın cazibesi, kullanıcıya hayal kurdurmakta, geçmişini kısada olsa unutmasını sağlaması ona sahte bir mutluluk vermektedir. İç dünyasında kendini sürekli mutsuz hisseden, kişilik bozukluğu olan bu şahıslar, mutluluklarını uyuşturucuda aramaktadırlar.

Uyuşturucu müptelaları anılan maddeleri bulamadıklarında, sessizleşmekte, donuklaşmakta, iştahsızlık ve uyku bozuklukları, ellerinde titremeler gibi daha başka pek çok yan etkilere maruz kalmaktadırlar.

Esrar gibi sigara içine dozu az sarılıp içildiğinde, birkaç saatlik geçici canlılık, iştahta ve karşı cinse ilgiyi arttırmakta, renkleri daha canlı görmesine, insanlarla iletişiminde daha konuşkan ve geçmişe boş vermişlik kısa da olsa kendini göstermektedir.

Hapishane ortamında bu maddelerin içeri sokulabilmesi oldukça zordur. Eğer bu madde sokula biliniyorsa, muhakkak rüşvetin veya güvenlikçilerden birinin müptela olması gerekmektedir. Tabii ki, para her zaman çözümün odağındadır.

Esrar, eroin, morfin, kokain, bonzai, extacy benzeri uyuşturucuları piyasada rahat bulunabilmesi bu kişilere; Uyuşturucu kullanma devamlılığını sağlamaktadır. Sigara, her nevi alkolde uyuşturucu grubundadır.

Hükümetler uyuşturucu kullanımını sınırlasa ve yasaklama yoluyla kullanımının önüne geçme çabasını gösterseler bile, başarısı tartışılır. Kullanıcı sayısında artış görülmektedir. Gün geçmiyor ki, medyada ve basında bu yüzden aşırı dozdan ölümler ya da yüzlerce kilo uyuşturucu yakalandığı görülmekte, okunmaktadır. Cezaların ağır olmasına rağmen, uyuşturucu kullanımından ne kullanıcının ne de satıcının vazgeçmeyeceği görülmektedir.

Burhan daha ziyade "sarıkız" denilen esrara alışmıştı. Bunu da Kirli Necmi zulasından ona ücretsiz vermekteydi. Bazen extacy tablet kullanmıştı ama Sarıkız'ın verdiği keyif ve rahatlama onda yoktu. Sigara içine "dolma" yaparak içerdi. Bunu Kirli, tek sarmaya ne kadar tütün ne kadar ot konulmasını tatbiki olarak öğretmişti.

"Buran! fazla ot koyarsan kötü kafa yapar, kontrolünü kaybedersin!" uyarısıyla söyleneni aynen yapmış ve bunu hiç değiştirmemişti.

Cezaevinden tahliye olan Burhan, Necmi'nin tarifiyle buluşacakları kahvehaneden içeri girip, ocakçıya:

"Selam ün aleyküm! Zort Hasan'ın kahvesi mi?"

"Ne var?"

"Kirli ne zaman buraya gelir."

"Tanımam! Yok öyle biri...!"

"Delikte beraberdik. Buranın müdavimiymiş…"

"Şu camın yanında dışarı bakan bıyıklıya sor."

Kahvehane yetmiş metre kare civarında, bilardo masası ve on, on iki civarında oyun masası, elli civarında demir aksamı nikelajlı sandalyeleri olan, yerleri düz karo taşlı tipik kahvehanedir. Ocakta musluklu su kazanında devamlı kaynayan su ve üzerinde iki yeşil demlik müşterilerini beklemektedir.

Ocakçı sürekli küçük lavabosunda dönen bardakları yıkamakta, siparişler için çay doldurup, vermektedir. Ayakçılar geldiğinde ocakçıya kısa da olsa çay, kahve, meşrubat tevzisinde yardımcı olmaktadır.

Bu kahvehane uyuşturucu işi yapan, Zort Hasan'ın kamufle edilmiş mekanıdır. Bazı akşamlar poker masası kurulmakta ve Zort

Hasan bundan mano almaktadır. Birkaç defa taharriler burayı basıp, suçüstü yapmışlar ama ufak para cezasıyla paçayı yırtmıştı. Savcıya:

"Savcı Bey! Bu kumarcılar beni çok zorluyor. Ben küçük bir esnafım. Şerefim üzerine söz veriyorum. Bir daha bu adamlara kumar oynatmayacağım...!

Tabii bu sözleri zorda kalmış insanın kanun adamı karşısındaki, ezikliğini, korkusunu atlatmak için o anda, insiyaki söylenmiş kıtırlarıydı.

Savcı kaçıncı defa bu düzenbaz adamdan bu yalanlarını duymuştu. Yasa para cezası öngörüyordu... Hâkim karşısına çıksa, hapis cezası alsa, bu para cezasına çevriliyordu. Zort bunu biliyordu ama mimlenmesi esas uyuşturucu işini aksatacağından bunun için sempatik, sözünde duran mert insan rolünü oynaması gerektiği için, böyle konuşuyordu. Savcının da buna kanmadığı aşikardı.

Zort Hasan bir altmış beş boyunda, göbekli, pos bıyıklı, saçları hafiften kırlaşmış, gözlerinin beyazı sarı-kırmızı renkte ellili yaşlarda görünüşte bir adamdı. Burhan işaret edildiği üzere adamın yanına yaklaştı. Alçak sesle:

"Selamün aleyküm!"

Zort Hasan Burhanın yüzüne bakmadan, dışarıyı seyrederken:

"Ne?"

"Kirli Necmi'yle delikteydik. Burası mekanıymış. Ne zaman gelir?"

"Bilmem! tanımam! Sana da geçmiş olsun!"

Ocakçıya seslenerek:

"Necmi'yi tanıyor musun? Bu genç adam soruyor ne zaman gelir diye?"

"Belki akşama doğru gelir."

Zort:

"Sen akşam yediye doğru buraya gel."

"Meşguliyetin yoksa, bir çayımızı iç.

Gidersin. Çek bir sandalye yanıma...!" Ocakçının göz ucuyla bu gelen yabancıyı takip etmekte ve işini yaparken Zort'a ara ara bakmaktaydı.

Zort, Ocakçı'ya elinin işaret parmağını aşağı tutarak, birkaç defa döndürdükten sonra, işaret ve orta parmaklarını göstererek, "V" işaretiyle iki çay istedi. Kahvehanelerde uzaktan böyle yapılması, bilinen bir talep şeklidir. Hemen hemen her kahvehanede böyle çay isteğinde bulunulur.

Burhan istemsiz bir şekilde Zort'un talimatıyla bir sandalye çekerek yanına oturdu.

"Yak bakalım genç!" Zort sigara paketinin arkasına eliyle vurarak, birkaç sigarayı paketin ucundan çıkartarak sigara ikramında bulundu. Karşılıklı sigaraları yakarken, tavşan kanı çaylarını ocakçı tavla sehpasını yanlarına çekip, çayları üzerine koydu.

"Adın ne senin?"

"Burhan"

"Şimdi hatırlar gibiyim. Kirli, Buran diye gözü pek bir gençle beraber kodeste olduğunu söylemişti. Sen O musun?"

"Beraberdik!"

"Neden içeri girdin?"

"Birini çizdim!"

"Ne kadar yattın?"

"Bir"

Burhan sigarasından birkaç nefes çekip, çayını birkaç yudumda içtikten sonra:

"Ben akşama uğrarım. Kirli gelirse beni beklesin. Benim için önemli...!"

Para vermek için ocakçıya doğru yürüyüp, elini para kesesine attığında ocakçı:

"Bizim ikramımız!" diyerek uzatılan çay ücretini almadı. Çünkü raconda patronun siparişinden herhangi bir ücret alınmaz. Bu alemde kuraldır.

Burhan dört senedir Zort ve Kirli ile

çalışmaktadır. Zort uyuşturucuyu kahvehanenin yakındaki parkta bulunan banka getirip, küçük paketler içinde hazırlanmış ot, extacy tabletlerini bırakmakta ve erketeye yatmış Kirli ve Buran hızla hareket ederek alıp, kendi zulalarına atmakta ve perakende tek tek yanlarına alarak özellikle geceleri üniversite öğrencilerinin ve çalışan gençlerin uğrak yeri olan bar, lokanta, kafeterya gibi toplandıkları yerlere uğrayarak, piyasa yapmakta, içkili mekanlara giderek, buralarda içici ve satıcı bilinen garsonlar aracılığıyla dağıtımı gerçekleştirmektedirler.

Bu piyasada önce para, sonra mal düsturu işlemektedir.

Zort'un bu malları nereden temin ettiğini Burhan uzun zamandır kafasında kurmakta ve kendisinin bunun kaynağını öğrenip, alemin patronu olmayı düşünmektedir.

Burhan yirmi yaşına geldiğinde; Mahalle Muhtarı yanına çağırmış ve askerlik celbi için askeri hastanede muayene olmasını söylemişti.

Burhan muayene heyetindeki nörolog, psikiyatr ve göğüs hastalıkları tabipleri askerliğe müsait olmadığı" raporuyla askerlikten muaf tutulması Burhan'ı sevindirmişti.

Uyuşturucu bağımlılığı nedeniyle askerlik yükümlülüğünü sırtından atan Burhan'ın önü açılmış ve Zort Hasan'ın parkta zulaya koyduğu malı içicilere mekânda çalışan adamları vasıtasıyla satışı gerçekleştiriyor ve önce gidip, siparişin parasını almakta, yarım saat veya bir saat içinde mekâna yakın bir zula yerine bırakacağını tembihleyerek oradan ayrılmaktaydı. Bunu aynasızlara cürüm halinde olmamak için aldığı ön tedbirdi.

Şunu iyi bilmekteydi. İçicilere nazaran satıcının ceza yasasındaki hükmü çok ağırdı. Yakalanması durumunda en az on yıl hüküm giyebilirdi. Hapishanede kanunları ve alacağı cezaların ne olduğunu yatanlardan öğrenmişti.

Kirli Necmi gecenin ilerleyen anında, gençlerin müdavimi olan Bar'a girip, her zaman mal verdiği garsona yaklaşarak onun önceden sipariş verdiği malın ücretini istedi. Garson rakı ve biraz kuru yemişi verirken, malın da ücretini müşterilere çaktırmadan ceketinin cebine boca etti. İçkisini içen Kirli yavaşça kalkıp, kasaya ilerledi. Adisyonu ve parasını uzattı. Üstü kalsın deyip, uzaklaştı.

Kirli bardan uzaklaşıp, henüz beş adım atmamıştı ki, yanına sivil giyimli sakalı epeyce uzamış bir taharri koluna yapışmasıyla, kelepçeyi bileğine yerleştirdi.

Polisin uzun zamandır takibinde olan garson da başka bir sivil polisçe kelepçelenip, ekip arabasına bindirilip, uzaklaştılar.

Garson sorgusunda bülbül gibi ötmüş. Narkoyu Kirli'den aldığını, müşteri olan içicilere verdiğini, lazım olduğunda mekanları gezen Kirli'ye parasını peşinen ödediği hap, esrar vb. maddeleri zulaya bıraktığını anlattıkça anlatmış...

Kirli maddeleri kimden aldığını baskıya rağmen, itiraf etmemişti. Çünkü işi buydu!

Kodesten çıkınca aynı işi yapacaktı. Talep fazlaydı. Parası da iyiydi. Kodesteyken Zort ona paşalar gibi bakardı. Kodes bilmediği mekân da değildi. Ha içerisi, ha dışarısı...!

Kirli'nin duruşması sonuçlandı. Satış ve sevkten Garsona altı yıl ve Kirli'ye de on yıl mahkumiyetine karar verilmişti. Bunu bekliyordu! Nasıl olsa bu müddet içinde siyasiler oy uğruna "af" çıkartabilirlerdi! Seçimde oy kaybının olacağını ve sonuçta iktidarı kaybetme kuşkusu olan, iktidarda çoğunluğu elinde tutan veya iktidara talip olan, oyunu bu yolla arttırma hesabını yapan partiler; hep bu yola başvurmuştu!

Kararı soğukkanlılıkla karşıladı. Bu yolla erken çıkma ümidini içinde taşıyordu. Polis ve jandarma eşliğinde eli kelepçeli olarak, Adliye Sarayından çıkıp, hemen kapı yanına yanaştırılmış mahkumları taşıyan araca bindirildi.

Burhan'ı bu karar çok korkutmuştu. On yıl çok uzun bir süreydi. Kafasında hesap yaptı.

Şimdi yirmi üç yaşın ortalarındaydı. İlave on yıl. Eder otuz üç…!

Esas bu işin başındaki Zort normal hayatına devam ediyor. Ayakçıları ise, yakalanınca ağır cezaya çarptırılıyordu. Fakat işin ucunda mesleği olmayan birileri için sadece dağıtım ve satış gibi kolay görünen ve parası iyi olan bu işten de kolay kolay vaz geçmek zordu.

Zort'u polise ihbar etse; ne iş yapabilirdi? Mobilyacılık hamal işiydi. Kereste taşı, onu kaldır bunu kaldır. Üstü başı talaş ve sabahtan akşama kadar marangoz hanede çalışma insanı yıpratıyor. Vernik ve boya kokuları da cabasıydı. Alacağı parada devede kulaktı.

İkilem ortasında kalmıştı. Zort'la konuşup, zaten tek kalmış bir ayakçı olarak satıştan yüzde yirmi beş olan alacağını, yarı yarıya teklif etmeyi, aksi halde kendisini ihbar edeceğini söyleyerek, tehditle ücretinin arttırmasını kafasına koydu. En kısa zamanda gidip, müsait bir anda bunu Zort'a söyleme kararı aldı.

Zort sanki Ondan böyle bir teklifin geleceğini bekliyor gibiydi. Burhan açık açık kendisine teklifini yaptığında Zort:

"Kabul ediyorum. Zaten ben kendiliğimden bunu arttıracaktım. Tek adamım sen kaldın. Kirli soruşturmada ötmedi. İkinizde benim sadıklarımsınız."

Burhan tereyağından kıl çeker gibi beklemediği bir davranışı sevinçle karşıladı.

Zort'tan aldığı malı eskisi gibi dağıtıcılara vererek hiçbir şey olmamış gibi hareket eden Burhan, hayatından memnundu. Kazancını iki misline çıkartmıştı. Patronla eşit paylaşıyordu. Ayrıca patrondan her gün iki içimlik sarıkızı bedava alıyor. Daha iyi kafa yapması içinde "kova" yapıyordu. Yaşam ne kadar güzel! Ne kadar kolaydı. Cebi iyi para görüyordu.

Kendisine kent dışına yakın güzel küçük bir daire satın aldı. Bir artı bir olan, elli beş metrekare daire kendisine yetiyor, hatta artıyordu. İçini de güzel pratik eşyalarla donatmıştı.

Apartman sahibi sekiz katlı apartmanını bir artı bir yaparak akılcı davranmış ve en az kırk daireye sahip olmuştu. Giren çıkan belli olmadığından, kendisini tanıyan da olmuyordu. Bu onun için bulunmaz kaftandı.

Zort Hasan'ın içini kemiren, canını sıkan Burhan'ın kendisini "ihbar ederim." Çıkışı ve tehdidi kendisini korkutmuştu.

"Bu dürzüyü ne yapıp, yapıp ortadan kaldırmalı!"

Düşüncesi gün geçtikçe ona karşı güveni azalıyor, içini de bir korku tamamen sarmıştı. Bir plan yaptı.

Hava kararmıştı. Akşamın ilerleyen saatiydi. Burhan kahvehaneye düştüğünde, Müşterisi yoktu. Zaten bu saatlerde müşteri olmaz dükkânı kapatırdı. Ayakçıları da işte tam bu zamanda gelirlerdi. Zort'un yanına gelen Burhan'a:

"Buran Oğlum! Ben yaşlandım. Bu işten de
çekilmek istiyorum. Tamamen bu işi sen al.
Bana yüzde verirsin. Yani yüzde yirmi beş
gibi, falan...!"

Burhan'ın beklemediği ama işi tamamen
kendisinin yönetiminde olması isteği hep
aklının ucundaydı. Sırıttı.

"Babalık! Çabuk yoruldun. Ama malın
yerini sen biliyorsun..."

"Seni birisiyle tanıştıracağım. Bu adam TIR
şoförü. Yarın ben dükkânı fora ettiğimde;
arabamla beraber gideriz. Sana o yöntemi
anlatacak. Tamam mı?"

Buran mandepsiye gelmiş görünüyordu.

"Halihazırda elinde mal var mı?"

"Var. Onları da sana vereyim. Yalnız yarı
yarıya paylaşırız."

"Tamam! Bundan sonra alacağım malda ise,
sana yüzde yirmi...!"

Zort Hasan dükkânın tüm ışıklarını

söndürmüştü. Sadece ocak yerinin kısık loş lambası yanıyordu. Zaten her gece o lambayı açık bırakmak adetiydi. Ocakçı gitmişti. Burhan tam zamanında ve heyecanlı bir şekilde içeri girdi.

"Selamın aleyküm!"

"Hadi gidelim. Adam TIR'ıyla bizi bekliyor ya da buluşma yerine gelmek üzeredir. Bekletmeyelim!"

İkisi patronun aracıyla hareket edeli yarım saat olmuş ve kent dışına çıkmışlardı. Ana yoldan köy yolu gibi bir yere saptılar. On metre gitmişlerdi ki. Frenleyip, Durdu. Aracını keskin bir "U" dönüşüyle ana görecek şekilde frenledi. Kontağı kapatarak motorunu susturdu. Işıkları kapanmıştı. Zort:

"Yak! Şimdi TIR'ı buradan görürüz. O burayı biliyor. İşaretini buradan görürüz."

Diyerek bir sarma dolma uzattı. Kendisi de bir tane yaktı. İlk dumanı derince içine çektiğinde öksürük krizine tutuldu. Hava almak için dışarı çıktı. Öksürüğü orada da devam ederken aracının içinde bulundurduğu pet şişe içindeki suyu Burhana işaret ederek istedi.

Burhan suyu alıp, vermek için araçtan indiğinde; Zort Hasan zulasında tuttuğu sustalıyı Burhan'ın boğazına saplaması bir oldu. Bir hırıltı duyuldu. Burhan yere düştü. Birkaç bıçak darbesi daha yiyen Burhan yerde kıvrılıp, kaldı. Zort onu bacaklarından sürükleyerek tali yolun yanında bulunan çalılıkların içine bıraktı. Nabzını ve kalbini dinledi. Öldüğüne kanaat getirmişti.

Bir hafta geçmişti, geçmemişti hayvan otlatan bir köylünün jandarmaya ihbarıyla cesedi bulunmuş, savcılık soruşturması başlamıştı.

Zort Hasan kendisini tehdit eden bu adamdan kurtulmuştu. Kirli'nin hapishaneden tahliye olan uyuşturucu müptelası birine Zort'u tavsiye etmiş, onu orada motive etmiş. Temiz kazancın olduğunu, kolay ve bol paralı bir işi başka hiçbir yerde bulamayacağını söyleyerek kahvehaneyi tarif etmişti Tahir'e…

Tahir kahvehaneden içeri girdiğinde direkt ocakçıya:

"Selam ün aleyküm! Zort Hasan kim?"

"Camın yanında dışarı bakan pos bıyıklı adama sor."

"Zort Hasan'ı arıyorum. Beni Necmi tavsiye etti"

"Necmi kimmiş bilmem!" Ocakçıya seslenerek:

"Necmi'yi tanıyor musun…?"

Dünya döndükçe, yeraltı dünyasının da işleri hep dönecektir. Yasa dışı uyuşturucu ticaretinin ateşleyicisi kolay para kazanma hırsıdır. Bu hırs insanın gözünü karartmaktadır. İnsanlığı telef etmeleri umurlarında değildir.

KASABA

Yıllar her şeyi yavaşça dönüştürür

Gider eskiler, gelir yeniler…

Burun bükerken yeniler eskilere,

Yeniler bırakır zamanla yerini daha yenilere…

Anadolu'nun ortasında nüfusu az, ekonomisi tarıma dayalı, nispeten büyükbaş hayvan besiciliğine dayalı kendi halinde geçinip, giden küçük bir kasabaydı.

Buranın celepleri doğu illerinden yüzlerce küçük, zayıf buzağı ve danaları satın alarak, trenle bu kasabaya getirirler ve onları beş- altı ay kendi ahırlarında beslerlerdi.

Semirilmiş, büyük baş sığır olan kasaplık bu hayvanlar satış için, İstanbul, Ankara, İzmir gibi büyük sanayi kentlerine trenle sevk edilirdi. Bu sevk daha ziyade sabahın çok erken saatlerinde yapılırdı. Nedeni ise sokaklarda kimsenin olmamasıydı. Gerçi bir - iki kişinin otomobili vardı. Onlar da hep park halinde olurlardı. Kırkta yılda bir yakın bir kasaba veya kente gidilecekse aheste aheste sokaklarda boy gösterirdi.

Bu hayvanları sevk etmek çok zahmetli bir işti. Ahırlarında hiç gün ışığı görmemiş, yemle şişirilmiş bu sığır sürüleri için, ahır kapısı açılır, kiralanan tren vagonlarına yüklemek için, ellerinde kalın sopalarla onlarca insan, sürünün geçeceği yollara dizilir. Çılgın gibi ahır kapısından fırlayan bu boğalar, çılgın gibi koşarlar ve çok da tehlikeli olurlar. Sopalı çobanlarca bunların bir düzen içinde istasyona sevkleri çok meşakkatlidir. Çok da yorucu bir iştir. Bağırmalar, ıslıklar, hayvan böğürtüleri birbirine karışırdı. Bir saate yakın süren bu kaotik ortam sonunda, kasaba sükûnet içine girer ama sürünün geçtiği yol ve sokaklar onların idrar ve dışkılarıyla kirlenirdi.

Bu sürünün en arkasından gelen iki çoban

el arabasına bu dışkıları ellerindeki kısa saplı kürekleriyle toplayıp, koyarlardı. Bunlar kıymetliydi. Kışı oldukça soğuk ve karlı geçiren bu kasabada, ısınmak ve diğer ihtiyaçlar için yakıtın önemi her zaman öndeydi.

Dışkılar samanla karıştırılarak tezek haline getirilir ve güneşte kurutularak, ocak ve sobalarda yakılır...

Celeplerin evlerinin geniş avlularında kurumuş bu tezekler, üst üste yığılarak kışa hazırlık için bekletilirdi.

Kurutma yöntemi olarak, ya bu dışkı saman karışımı malzeme toprağa beş- altı santim kalınlığında yayılır, ya da yine o kalınlıkta kırk santim çapında daire haline getirilir avlu ve evin güneş alan duvarlarına yapıştırılarak kurutulurdu.

Eğer yere serilmiş bu dışkılı malzeme kurumuşsa, kürekle yine kırk santim genişliğinde kareler halinde kesilerek, altta kalmış kısmı, üste gelecek şekilde konik bir yapıda istiflenirdi.

Ayrıca kasaba evlerinde hemen hemen her evde büyükbaş veya küçük baş hayvanlar olurdu. Bunlar sabahları çobana verilir ve hayvan sahipleri, özellikle kız- erkek çocukları bunları kasabanın ortasında yer alan çift taraflı yoldan geçirerek kasaba dışındaki alanda toplarlardı.

Çoban bu sürüyü dağlara, otların bol olduğu yerlere götürerek otlatırdı. Akşamda bu hayvanlar evlerini bilirler ve ahenkli bir yürüyüşle aynı yoldan evlerine dönerdi. Memeleri dolgun ve bol sütlü olurdu. İki taraflı yol kenarına dizilmiş esnaf bunlar için, kolej dağıldı diye esprili konuşmalar yapardı.

Celepler hayvanlarını peşin paraya satıp, yüksekçe para kazanırlardı. Kasabada bulunan iki banka şubesine paralarını yatırılardı. Kasabada saygı gören insanlardı. Ne demiş Nasrettin Hoca: "ye kürküm ye!"

Kasabanın tek bir sineması vardı. Her hafta başka bir filim gösterilirdi. Genelde akşam sekiz buçukta film gösterisi başlardı. Aileler, kadınlar bir tarafta, erkekler diğer tarafta oturulur öyle seyredilirdi. Bekar erkeklerin başlarını çevirip, aileler tarafına bakması hoş karşılanmazdı.

Kasaba halkı siyasi nedenlerle iki ayrı kutba ayrılmıştı. CHP ve AP! Biri kasabanın Doğu diğeri ise Batı kesiminde ikamet etmekteydi. İki kasabı, iki manavı, iki bakkalı ve iki lokantası mevcuttu. Hangi kesimde ikamet ediliyorsa, o kesimin esnafından alışveriş yapılması bir prensipti.

Kasabaya dışarıdan gelmiş, memur öğretmen vb. görevliler geldikleri yerdeki alışkanlıklarıyla bir ondan bir bundan alışveriş etmeleri halinde ikaz edilirlerdi. İkaz eden de esnaftı:

"Geçen gün karşı manavdan aldın her şeyi. Eğer oradan alırsan bir daha sana buradan satış yapmam! Şimdilik yeni olman nedeniyle hoş karşılıyorum!"

Özellikle belediye seçimleri yedi- sekiz oyla

kazanılır ya da kaybedilirdi. Sayım akşamı çok gergin geçerdi. Kazanan ilan edildiğinde o gerginlik sükunete bırakırdı. Sanki her an insanlar birbirine girecek diye korkulurdu. Çünkü sayım akşamı herkes bıçaklı, silahlıydı ama hiç olay olmazdı. Kuvvetlerin dengede olması birbirine bulaşmama nedeni olabilir...!

Diğer zamanlarda insanlar arasında muhabbet ve dostluk kuvvetlidir. Halk arasında particilik ve ayırım bir yana bırakılır. Herkes işinde gücündedir.

Kasabanın kendisine bağlı çok köyü vardır. Birkaçı kasabaya üç- dört kilometre yakında olsa bile, daha ziyade çoğunluğu dağ köyleridir. Buralarda da büyük baş hayvancılığı yapılmaktadır. Dağlık olduğu için bu elzemdir. Bu köylüler kendilerine yetecek buğday ve arpayı dağ yamaçlarına ekmektedirler. Ürettikleri fazla olan peynir, yoğurt, yağ gibi besinleri her hafta pazartesi günü kurulan Kasaba pazarında satmaktadırlar. O gün kasaba çok hareketli olmakta, gündüzleri lokantalar bu köylülerle dolmaktadır. Kışa doğru devasa büyüklükte lahanaları bu pazarda bulmak mümkündür. Her şey organik ve sağlıklıdır. Oldukça da ucuzdur.

Ramazan ayı gelmeden çok önce tüm kahvehanelerde, kırık sandalye ve masalar onarılır. Eskimiş çuha örtüleri yenilenir. İçi açık renkte boyanır.

Kış mevsimiyse, gerekli soba yakıtı olan tezek, odun, kısmen kömür depolanır. Çünkü her kahvehanede otuz gün sabaha kadar kumar oynanır. Genelde açık poker denilen halk ağzıyla "dıgıdık!" oynanır. Kumarcılar o ay için para biriktirirler. Celeplerin ve esnafın da kumara düşkünlüğü vardır. Kumar oynamayan az sayıda, onlar da ancak birkaç kişi olabilir!

Her gece kalabalık seanslar, kahvehanenin sabaha kadar ışıklarının yanmasıyla kendini gösterir. Sahur olduğunda, kumara ara verilir. Bu süre yarım saati geçmez. Ya lokantaya giderler ya da yanlarında getirdikleri sefertası içindeki azıklarını oracıkta yerler. Bu fasıldan sonra kumar devam eder. Esnaf dükkanlarını ancak öğleden sonra açar.

Ramazan bitiminde her kumarcı ne kazanmış ne kaybetmiş onun muhasebesini yapardı. Bunların bazıları arasında Ramazan boyunca kazancından bahçeli ev, tarla aldığı görülmüştür.

Normal zamanlarda akşamdan itibaren, gece yarısına kadar iki lokantası tamamen dolu olur. Üç bin nüfusu olan bu küçük kasaba, alkollü içki tüketiminde herhalde ülke birincisi olabilir. Çünkü her iki- üç günde bir alkol satış kamyonu bu lokantalara alkollü içki getirir.

Evlerin büyük çoğunluğu toprak damlıdır. Her damın üzerinde taştan silindir şeklinde büyükçe, yanlarının tam ortasında deliği olan bir taş bulunur. Görevi damdaki toprağı sıkıştırmaktır. Bunun iki yanında o deliklere geçen uzunca sapı olan çatal demirle, bir geri bir ileri sürüşle amaç, hafif ıslatılmış dama serilmiş toprağı sıkıştırmaktır. Bunun esas amacı, yazın sıcaktan, kışın ise soğuktan koruyarak yalıtım sağlamasıdır.

Evler yine toprak kerpiçten, yığma usulü yapılmıştır. Dışı genelde turkuaz mavisi veya kireç badanalıdır. İç mekanları da aynı şekildedir.

Bazı evler kerpiçten imal edilse bile, çatıları toprak değil, kiremitlidir. Bu da ailenin maddi durumunun iyi olduğunun göstergesidir.

Bu kasaba farklı renkteki insanları barındırmaktadır. Devletin sürgün yeridir. Kimisi mahkeme kararıyla belli süreliğine ikamete mecbur edilmiş ya da devletin hoşlanmadığı ideolojik fikirleri olan, muhalif memurların atandığı bu kasabaya ilginçlik katmaktadır.

Uzun süreli sürgün yaşayan bu kişiler buraya yerleşmiş, iş güç sahibi olmuşlardır. Aşırı dinci, solcu, sağcı kişilerle her an karşılaşmak, sohbet etmek mümkündür. Başlıca günlük gazeteler, yazın iki günde, kışın ise, dört- beş günde gelebilmektedir. Abone olunan gazeteyi kış aylarında dört gün sonra anca okuma imkânı bulunabilmektedir. Kış çok karlı, oldukça soğuk ve uzun seyretmektedir. Denilebilir ki, kış sekiz ay, yaz ise dört ay sürmektedir.

İlkbaharda tarlalar sürülüp, buğday ekimi yapılmaktadır. Yaz başında ise soğan patates ekilerek yaz sonuna doğru hasatları yapılmaktadır. Ekiciler bu süre zarfında çok meşguldürler.

Kasabanın en önemli özelliği, gençliğinin Ankara, İstanbul gibi kentlerin üniversitelerinde okumakta olmasıdır. Kasabanın ilk ve ortaokulu olmasına rağmen, bir lisesi yoktu. Lisede okumak isteyenler kendilerine yüz kilometre uzaklıkta bulunan şehirde okuma imkânı bulabilmektedir. Üniversite mezunu genci çoktur. Bazıları ünlü iş adamı veya devletin yüksek kademelerinde görev almış tanınmış şahsiyetlerdir. Kasabada hastane ve sağlık evinin olmaması insanlarını yakın kente gitmeye mecbur bırakmaktadır.

Kasaba tanınmış şair ve ozanlarıyla da çok

meşhurdur. Türkiye'nin her yerinde çalınan, söylenen türkü ve şiirleri hala dilden diledir. Halkının uyanık, entelektüel yapısını göstermektedir. Kasaba bu haliyle renkli ve hareketlidir.

Girersin! Yamuk yumuk tozlu yoldan,

Eski bir otobüsün içinden…

Görünür uzaktan evlerin damları,

Elinde tesbih çekip, volta atan insanları…

Bir kesafet çöker içine ilkten,

İlk intiba yanıltır derler insanı…

Tanıdıkça bu köhne kasabayı,

Sevgiyle bağlanırsın olur gönlünün sarayı…

Her insanın yaşadığı ortam; kent, kasaba, köy, mahalle olsun, orada iyi, kötü anıları, "tecrübe" denilen yaşam deneyimi kazandırır.

Buradan ileriki yaşamına dair dersler çıkarır. Kötü deneyimleri bir kenara bırakıp, iyileri kendine tatbik edebilirse, olgunlaşır. Kararlarında daha isabetli adımlar atar!

Bu kasaba elli sene önce yaşanmış anıların, bugünkü hafıza tazelemesidir.

Şimdi kasabanın, o yaşam ve konumu, binaları, yolları elli sene önceki halinden eser kalmamış, insanının anlayışı değişmiş, köhne evler apartman, modern villalara dönüşmüş, yolları asfalt ve duble oto yollar haline gelmiş, esnafın anlayışı değişmiş, tezeklerin yerini doğal gaz almış, kasabanın ortasından boğa sevkiyatı tarihe karışmış, içkili lokantaların yerini kafeterya ve bar almış,

Gazeteler anında, günlük bayii de devletin sürgün yeri olmaktan çıkarılmış, Banka adedi çoğalmış, nüfusu ona katlanmış, liseleri ve yüksek okulu, hastanesi olan modern bir kent görünümüne bürünmüştür.

KUŞÇULAR

Semada dönerler aşkla semah

Şevk verir temaşası akşam, sabah

Seslenirler gün boyu şarkılarını ruhlara

Müteşekkirim konan, uçuşan kuşlara

Kuşun yüzlerce çeşidini biliriz. Dünyanın her yerinde bulunurlar. Özgürdürler. Avlanırlar, evcil olarak beslenirler. Göçmenleri vardır. Gizemlidirler! Evcil olanları dost canlısıdır. Su kuşları, uçamayan kara kuşları, uçan deniz kuşları, uçamayan deniz kuşları, orman kuşları, kar kuşları vb. Sınıflandırılmıştır.

Et yiyen, dane yiyen, polen yiyen, avcı olan, av olan, leş yiyenler olarak bilinirler. Küçüğü, büyüğü, renkli, kahverengi, siyah, kırmızı, sarı, mavi, gri, yeşil vb. renklerde bulunurlar.

Kimisi güneşin her rengini üzerine taşır. Bakmaya doyulmaz. Her an tetiktedir. Bakışları her yanadır. Güvenlik önde gelir. Varsa yavruları, her ana, baba gibi hırçınlaşır. Hatta saldırganlaşır. Dokunulmazdır...!

Geniş kuş yelpazesi içinde insanımızın en çok ilgi duyduğu birkaç kuştan en değer verdikleri muhabbet kuşu, kanarya ve güvercindir. İnsanımızın muhabbet kuşuna ilgisi çok eski değildir. Kaçak avcılarca tropik ormanlardan kaçak yollarla yurda sokulmuş ve pazarlanmıştır. Yerli üreticiler tarafından üretilerek çoğaltılmışlardır.

Sabırla eğitilirse, konuşma öğretilebilir. Bazı kelime ve cümleleri aksansız söyleyenleri vardır. Renkleri ve konuşma özelliğine sahip olan muhabbet kuşunun küçük kafeslerde beslenmesi, fazla masrafı olmaması cazip gelmektedir.

Kanarya bilinen, güzel ötücü kuşlardandır. Çok özel bakım isteyen, kafes kuşudur. Çoğu yörelerde dernekleri mevcuttur. "Kanarya

Sevenler Derneği" gibi faal dernekleri mevcuttur.

Değişik renklerde çok hassas yapıları vardır. Nazik hayvanlardır. Ötmeye başladığında dinleyenleri kendinden geçirir. Özellikle bazı mağazalar, erkek berber dükkanlarının sakin bir köşesinde, yüksekçe bir yerde kafes içinde konuşlandırılmıştır. Gelen müşteriler onun ötüşüyle canlanırlar, yüzlerinde tebessüm belirir. Bazı müşteriler sırf bu yüzden ilgilerini çektiği için, kanarya sahibi olmuşlardır.

Güvercin ise çok farklı ve mukaddes addedilen kuştur. Peygamber Hz. Nuh, yağmurlar dinip, suların çekilip, çekilmediğini anlamak için, gemisinden bir güvercini salıvermiştir.

Uzun zaman beklenen haber, nihayet güvercinin ağzında zeytin dalıyla dönmüştür. Böylelikle suların çekilip, karaların ortaya çıkışı Hz. Nuh ve beraberindekilerce anlaşılarak, coşku ve sevinçle karşılanmıştır. Onlara yaşama ümidini güvercin müjdelemiştir.

Kutsal metinlerde konu edilmiştir.

Güvercin evcil kuş olarak insana çok yakındır. Evcilleştirilen güvercinler tüm dünyada asırlar boyunca, günümüze kadar özellikli yerini hep korumuştur. Onlara kafes değil, evler dahi yapılmıştır.

Savaş zamanlarında, askeri posta güvercini olarak, cepheler arasında komutanların mesajlarını götürüp, getirerek görevler üstlenmiştir. Belki savaşın seyrini değiştirecek, zaferi getirecek hayati mesaj trafiğinde önemli olmuşlardır.

Sulh zamanlarında şehir ve kasabalar hatta ülkeler arasında da posta görevlerini icra edebilmişlerdir. Özellikle ulaşımın zor olduğu, arabaların gidemediği yerlere posta güvercinleri, insanların, kurumların iletişimlerine büyük kolaylık sağlamışlardır.

Dünya üzerinde mevcut türleri cins, renk ve biçimlerine göre isimlendirilmişlerdir. Yabani olanları avlanmaktadır. Yabanileri genelde iki renklidirler. Gri ve onun bir ton üzeridir.

Evcil güvercinler değişik isimlendirilir: Dragon, Posta, Yelpaze kuyruk, Demkeş, Balon, Taklacı, Kırış, Rahşan vb.

Güvercin kulüpleri vardır. Güvercin besleyenler bu kulüplerde alım- satım ve yarışmalar yaparlar. Bazı güvercinlerin fiyatının elli bin liraya kadar çıkan değeri olduğu bilinmektedir. Parası olan gözü kapalı bu güvercini satın alabilir. Onun gözünde bu nadide kuş, paradan daha önemlidir. Güvercin aşktır…!

Basına yansıyan ilginç polisiye vakada: Kuş sever bir banka veznedarı, milyon liraya varan bankanın parasını zimmetine geçirerek, tüm parayla güvercin satın almış ve beslemekteyken, banka kayıp paranın farkına varıyor. Yapılan araştırmada veznedar yakalanmış ve suçlu bulunmuştur.

Gereken yapılmış ve satın aldığı güvercinler banka tarafından açık arttırma ile satılarak banka parasını tekrar geri alma şansını yakalamıştı.

Güvercin özgür kuştur. Kümeste uzun süre bekletilmez. Uçması elzemdir. Sahibi bunu bildiği için kümesin kapısını açarak, isteyen kuşun uçmasını sağlar. Onlar gökyüzünün değişik katmanlarında daireler çizerek uçarken, sahibinin gözü hep havadadır. Kuş sahipleri havaya bakmayı alışkanlık edinmişlerdir.

Şükrü, güvercin aşkı olan ve yirmi güvercini olan orta yaşlı bir gençtir. Kuşçuluk dedesinden babasına, oradan da kendisine intikal etmiş sevgidir. Zaten bu sevgisi olmasa bu kadar kuşa bakmak kendisine zül olurdu.

Sabah uyanır uyanmaz ilk işi bahçedeki kümese gider, kapısını açar ve kuşların dışarı çıkmasını sağlar. Yere avuç-avuç mısır atarak beslerdi. Eksik kuşun olup olmadığını, sağlıklarını tek tek kontrol ederdi. On beş dakika süresince birkaçını uçurur. Follukta yumurtaya yatan dişileri kontrol ederdi. Kendi kendine:

"Ne güzel meşgalem var!"

Uçuşu biten kuşları geri çağırır ve kümeslerine dönmesini sağlayarak, işine giderdi. Hele bir kuşu vardı ki, görülmeye değer…! Bembeyaz, fındık gagalı, paçalı, uçuşu görülmeye değer. Gökyüzünde sinek olur. Belki bin metreye çıkar. Oradan gelmesi saatler alırdı.

İnişe geçtiğini, attığı taklaları belli ederdi. Güvercinler yüksek uçuş yaptıklarında hava katmanlarını yarabilmek için geriye doğru salvo atarak inmeyi geliştirmişlerdir. Bu tarz iniş onlara hızlı irtifa kaybettirir ve inişlerini kolaylaştırır. Yere beş, on metre kaldı mı bu türün kuşları alçak bir çatı üzerine sersemlemiş gibi inerler ve kendilerine gelmeleri birkaç dakika sürerdi. Bu anlar Şükrü'nün keyfinin doruğa çıktığı anlardır. Fiyatını soranlara:

"Beş bini ver. Al kuşu…!"

Erbabı bilir. Belki değeri daha fazla olabilir!

Şükrü işinden evine döndüğünde, sabah yaptığının aynısını, akşam da tekrarlardı.

Kuşlar uzun zaman uçmazlarsa kanatları tutulur. Uçsa bile ancak zor bela karşısındaki tek katlı evin damına anca uçabilir. Uçma kabiliyetinin azalması, sık olmayan uçuşuna bağlıdır. Bu da kuşun maddi değerinin düşmesine neden olur. Kuş dişi ise, ancak damızlık olarak beslenir.

Şükrü'nün kümesindeki kuşlar cins ve pahalı kuşlardır. Bunların bakımları ve uçurulması gün içinde zaman ayırmayı gerektirmektedir. Onun için, yazın izinli olduğu zamanlarda deniz kenarında ailesiyle tatil yapmayalı uzun zamanlar olmuştu.

Güvercin hırsızlığı bu camiada yaygındır. Cins bir kuş pazara çıktığında hemen alıcı bulması, acil nakit ihtiyacı olan için banka ATM'sinden para çekmek gibidir. Nakit hazır!

En çok korktuğu ise kuş hastalıklarıdır. Onun için kümesi her gün temizler. İlaçlar. İlaçları pahalıdır. Kadrolu işçi olarak bir kamu dairesinde çalışmaktadır. Allahtan ev kirası derdi yoktur. Babadan kalma evde oturmaktadır. Küçük bir bahçesi vardır. Kümesi de bu bahçededir. Kümes dedesinin imalatıdır. Dedesini her seferinde rahmetle anar:

"Allah gani gani rahmet etsin. Dedemin ve babamın kuşçuluk merakı bana verdikleri en güzel miras."

Gerçekten de insanın boş zamanlarını değerlendireceği bir meşgalesinin olması olmazsa olmazıdır.

Şükrü evinde kös kös oturanlara hayret etmektedir.

"Şu karşıdaki komşu işinden geldikten sonra. Hiç evinden çıkmaz. Hafta sonu tatilinde dahi evinde pinekler! Nasıl bir ruh hali var. Anlaşılmaz!"

Şükrü bisiklet meraklısıdır. Eski bisikletini, pek de eski sayılmaz ama komşusu bir arkadaşına pazarlıkla sattı. Ucuza verdi. Daha önceden mağazada gördüğü yirmi sekiz şimano vitesi olan markalı oldukça pahalı

İtalyan imalatı bisikleti almaya karar verdi.

Bugün orta yaşa gelmiş, lekesiz süt beyaz, taklacı, paçalı kuşunu satmak için kulübe götürdü. Kulüp kuş severlerle epeyce doluydu. Üyeleri Şükrü'nün nadide kuşunu biliyorlar ve satması için ısrar ediyorlardı. Şükrü her zaman:

"Beş bini veren alır kuşu!"

Şükrü kulüpten, elinde güverciniyle girdiğinde, hemen kapı ağzında oturan kişiler:

"İşte kuş bu! Satarsa alın kaçırmayın!"

Bunu duyan Şükrü kuşunu tavana çarpmayacak şekilde elinden fırlattı. Kuş kalabalıktan ürkerek hızlı şekilde iki tur uçtuktan sonra, iki geri salvo taklayla Şükrü'ye yakın masanın üzerine kondu. Sersemlemiş şekilde sağa sola bakındı. Herkesin meraklı gözleri, sadece kuşa odaklı hayran bakışları kuşun uçuşunu ve masa üzerine takla atarak konuşunu sevgi ve hayranlıkla seyrederken, herkes nefesini tutmuştu.

Kuş sevdalısı olan ve bu kuşu her gördüğünde ona sahip olmak isteyenlerden biri de inşaat mühendisi Arif'ti.

Arif oturduğu yerinden kalkıp, kuşu okşayarak, elinde tutan Şükrü'ye:

"Şükrü gel el sıkışalım. Bu kuşu bana sat."

"Abi. Arkadaşlara sor. Ben onun değerini açıkladım."

"Ne istiyorsun?"

"Beş bin."

"Buna dört bin. Eşini de isterim. Ona da İki bin. Peşin"

Pazarlık için araya girenler:

"Şükrü iyi para verdi kaçırma! Yabancı değil Arif Abi. Yerine gitsin."

"Yedi ver. Al kuşları…!"

Şükrü iyi bir bisiklet aldı. Bu yaz kentin altını üstüne getirecek! Zaten sporu seven bir kişi. Yaz kış haftada üç kez spor salonuna gidip, ağırlık ve kondisyon arttırıcı aletli spor yapıyor. Sattığı kuşların yavruları epeyce büyüdü. Keyfi yerinde. Bunlar onu yaşama sımsıkı bağlıyor.

"İşi bilirsen güvercin beslemek hem güzel hem de karlı. Sevdası ise tartışılmaz." Düşüncesindedir.

ÇALGICI NACİYE

İnce elinin kırmızı ojeli parmağıyla tuttuğu

Kemanın yayıyla konuştururdu

Oynak nağmeleri Naciye…

Kınalı saçlarıyla kızı Sabuha

Naciye'nin boğuk sesine çalardı

Var gücüyle dümbeleğini

Tahta koca kapılı avlularda…

Türkiye'nin büyükçe bir şehrinin kenarına kurulmuş, şehrin iki Müslüman mezarlığını da içinde barındıran büyükçe bir mahallesiydi. Bu iki mezarlık zamanla dolduğundan gömüye kapatılmıştı.

Şehrin çöplüğü de bu mahallede yer almaktaydı. Çöp arabası, kent belediyesince istihdam edilmiş çöp toplayıcı şahsın kullandığı, tek atın çektiği bir arabaya monte edilmiş, üstünde iki sürgülü kapağı olan galvanizli saçtan imal edilmişti.

Genelde sabah ve öğleden sonra kentin değişik semtlerinden toplanan çöpler, bu at arabaları tarafından mahallede belirlenmiş olan, halkın deyimiyle "küllük" yerine dökülürdü. Döküntü yerine dökülen çöpleri özellikle çocuklar karıştırır. Kırık cam parçaları, cam şişeler, nadir de olsa içi bakır olan atık teller, hurda teneke gibi malzemeler toplanır, bunları alan hurdacılara satılarak harçlıklarını çıkarırlardı. Fakat bu malzemeleri sahipleri kolay kolay çöpe atmazlardı. Çünkü para ettiği için kendileri tarafından satılırlardı.

Takas da vardı. Mesela bir küçük tırtıklı rakı şişesine yarım simit verilirdi. Haliyle para yerine geçen bu şişenin çöpe gitme ihtimali zayıf da olsa, hali vakti yerinde olanlarca, yarım simite tenezzül edilmeyeceği için çöpe atıldığı olurdu. Bunu bulan çocuğun ödülü, öğleden sonra mahalleye gelen simitçi Hasan Aka'nın vereceği simitti.

Otuz bir Mayıs, ilk ve orta öğretim okullarının kapandığı gündü. Haziran ayının başlangıcıyla sünnet, nişan, kına gecesi ve düğünler bu zamanda başlardı. Havaların biraz daha ısınması, yağmurların kesilmesi beklenirdi.

Özellikle kına geceleri, mahallenin meşhuruydu. Bu eğlenceye sadece kadınlar ve genç kızlar katılırdı. Hemen hemen her evin büyük avlusu olurdu. Bu avluların çevresi insan boyundan daha yüksekçe ve kerpiç yapılardı. Hayvancılıkla uğraşan, ekici bu ailelerin avlu içinde hayvanlarını barındıracak ahırı olurdu. Ahırda inekleri ve atlarını barındırırlardı. Genelde iki atın çektiği ağaçtan imal edilmiş, tekerleklerine demir çember geçirilmiş arabaları olurdu.

Arabanın avlu içine girebilmesi için, çift kanatlı keresteden imal edilmiş kalın tahta kapıları ve bu kapıların her iki kanadına raptedilmiş, halka şeklinde kalın demirden imal edilmiş tokmak bulunurdu. Kapı kanatları avlu içine açık olurdu. Bazı evlerde, büyük avlu kapısına yakın normal ölçülerde başka bir kapının olması ev ahalisinin girip çıkması için bir kolaylık olarak düşünülmüştü.

Düğünler ve kına geceleri işte bu avlularda yapılır. Davetler de bir gün önceden kadın veya genç kızlar tarafından ev ev gezilerek: "Yarın akşam kına gecemiz var. Buyurun." Şeklinde sözlü yapılırdı.

Kına gecesine sadece kadınlar, düğüne ise sadece erkekler katılırdı. Kına gecesinde şerbet dağıtılır veya kağıtlı misafir şekeri ikram edilirdi. Durumu iyi olan her ikisini de verirdi.

Naciye kına gecelerinin tek çalgıcısıydı. İki kızıyla birlikte kına gecesini şenlendirirdi. Kendisi keman, bir kızı cümbüş öbürü ise, toprak seramikten imal edilmiş, deri kaplı dümbeleği çalarlardı. Havanın serin olduğu zamanlarda dümbeleğin sesi değişir, patlakmış gibi ses çıkardığında çalmaya ara verilirdi. Gaz ocağı alevine uzaktan tutulur veya elinin avucunun içiyle deriye sürtülerek kızıştırılarak ısıtılınca deri gerilir. Çalma kıvamına gelirdi.

O zaman eğlence tam gaz devam ederdi.

Düğün evinin genç kızları ortaya oynamak için çıkmayan utangaç kadınları kollarından çekerek oyuna davet ederler ve bu çekişme oldukça kısa sürerdi. Nazlı hanımlar bu sefer oturmak bilmezdi!

Oyuna ne kadar çok katılan olursa, Naciye o kadar coşar ve coştururdu. Her kırk dakikada bir mola verirdi. Önüne konulmuş sehpa üzerindeki sürahiden bir bardak suyu tepesine dikerek içerdi. Kolay mı? Kırk dakika boyunca çalmak ve söylemek! Sonra, Birinci markalı sigarasını yakar, derin birkaç nefes çekip, ağzındaki yoğun dumanı havaya kuvvetlice üfürürdü. Sigaranın ucundaki ateşi gecenin karanlığında kor halinde yanardı. Kemanını kucağına koyar. Sigarasını dudakları ucunda tutarak kızlarıyla sohbet ederdi. Kızları sadece su içerdi. Eh bağıra bağıra söyledikleri nağmeler boğazlarını kurutmuş olmalı...! Ama sigara içtikleri hiç görülmemiştir. Bu o anlık haz sadece Naciye'ye mahsustu.

Naciye'nin evi hemen yokuşun başında koca kapılı avlusu olan bir evdi. İki kızı bir oğluyla çok mutlu görünürdü. Bazen gündüzleri avludan keman, cümbüş, darbuka sesleri gelirdi. Kendileri yeni türkülerin, oynak havaların ya provasını ya da yeni parçaların repertuvarlarının hazırlığını yaparlardı.

Çok şık giyinir. Saçlarını ya kınaya ya da sarıya boyardı. İnce bedenine beyaz pantolon giyer, havalı yürüyüşüyle mahallenin neşesiydi. Yaşı elliyi geçkindi. Dik ve oldukça hızlı yürüyüşüyle, yaşını belli etmeyen çevikliğe sahipti.

Göçmen olarak uzun yıllar önce, çocukken bu kente geldikleri için, buranın yerlileri gibi olmuştu. Mahallede hiç kimse onlara karşı bir ayırımcılık yapmazdı. Hatta saygı ve sevgi görürdü. Kimseyle çekişmesi, küslüğü duyulmamıştı. Şen şakraktı. Çocukları da öyleydi. Kendisi gibi neşeli ve gülümseyen yüzleriyle adeta moral kaynağıydı. Bunların yanında insanın canı hiç sıkılmazdı. Ne yapar yaparlar muzip bir şeyler bulurlardı. Eh böyle olunca sıkıntı da olmazdı.

Şubat ayının ortalarıydı. Bir akşam hava kararmıştı. Hava oldukça soğuk ve dışarıda kar atıştırmaktaydı. Bir önceki gün eksilerde seyreden havanın ayazı, yerleri buz tutturmuş ve gece üzerine serpiştiren ince bir kar tabakasıyla kaplanmıştı. Dondurucu soğuk her yeri kaplamıştı. İnsanlar evlerinin bir odasında soba başındaydı. Aklı olan bu dondurucu soğukta dışarı çıkmazdı!

Aniden büyük bir sallanışla yer sallanmaya, evlerin duvarları sanki birbirine yapışacak gibi, gidip gelmeye başlamış, insanlar evlerinden panik ve korkuyla avlulara ve sokaklara fırlamıştı. Sallantı durmak bilmiyordu. Uzun bir zaman sonra sallantı durdu ama birkaç dakika sonra bundan daha az şiddetle tekrar sallantı başladı. Hiç kimse evlerine giremez olmuştu. Daha sonra sallantıların haddi hesabı yoktu. Küçük de olsa yer tıngırdıyordu.

Evlerin elektriği kesilmiş, karanlıkta kalınmıştı. İnsanlar korkuyla evlerinden dışarı fırlamış, dua ediyor ne yapacaklarını bilemez halde öylece sokaklarda kalakalmışlardı. Sallantı aralıklarla ama kısa süreli tekrar ediyordu. Karanlık bir yandan, sallantı bir yandan, dondurucu ayaz bir yandan korku içindeki mahalleli Allah'a dua ederken, O da ne? Uzaktan bir müzik sesi duyuldu.

Naciye ve kızları evlerinin avlusunda odunlardan büyük bir ateş yakmış, ateşin etrafına ailecek toplanmışlar ellerinde keman, cümbüş ve darbukalarıyla avazları çıktığı kadar oynak türkü ve şarkılarıyla gecenin korkusunu kendilerince eğlenceye çevirmişlerdi. Tam manasıyla vur patlasın çal oynasındı.

Biraz ilerde karanlıkta ne yapacaklarını bilemeyen, dualar eden kadınlı kızlı ve erkekli mahalleli müzik sesini duyduklarında dona kalmışlardı.

Bir mahalleli kadın: "Estağfurullah, estağfurullah! Kıyamet'i bunlar çağrıştırıyor...!" korku dolu cılız sesi orada bulunan sokak sakinlerince duyuldu.

Naciye ve ekibi bundan habersiz dondurucu soğuğa ve yer sarsıntılarına aldırmadan oynak nağmelerini mahallenin sokaklarına yayıyordu.

Yer sarsıldıkça sarsılıyor nağmelerin eşliğinde...!

Çal Naciye titret yeri, göğü

Oynak nağmelerinle

Artsın yaşama umutları

Çaresizlerin korkularında...

MAHALLENİN ÇEREZLERİ

Mahalleye şevk verir bazı insanlar

Hayalleri oldukça kısık

Olmazsa küçücük düşleri

Olur yüzleri asık…

İçtendir kelam-ı fasih

Simaları şems-i müşabih.

Bilirsiniz, kentte olsun, köyde olsun gün içinde çalışmaktan yorulan insanlar fırsat buldu mu kahvehane, kafe gibi yerlere giderek arkadaşlarıyla sohbet ederler, kendilerini rahatlatırlar. Aralarındaki değişik konularda konuşmalarla, ki çoğunlukla bu konuşmalar o anda insiyaki, hemen akla gelen konuşmalar olur.

Celal, baba mirası olan elli yıldır köşe kahvehanenin işletmesini yapmaktadır. Mahalle kahvehanelerinin bir özelliği kahvecinin, hoş sohbet şakacı olması, mahalledeki insanları cezbetmesidir.

Kahvehane iş dönüşü kalabalık olur. Çay kahve içerken birbirleriyle samimi arkadaşlar değişik konuları dile getirirler.

Sohbetlerin konusu çeşitli olur. Futbol, abartılı avcılık hikayeleri, balıkçılık vb. gibi konular genelde esprili anlatılır. Bir anda anlatıcı dinleyicilere kahkaha boşaltması yaşatır. Kahvehane dışına taşan koro halindeki kahkahalar, kahvehane önünden geçenlerin ilgisini çeker. Ne oluyor saikasıyla durup bakarlar. Hatta bazen de içeri giren meraklılar çok görülür…!

Kahveci Celal, bu anlatımların, sohbetlerin baş aktörüdür. Onun kahvehane sohbet çerezlerinden birkaçına kulak verelim.

Balığın Gücü

Pazar günü beş arkadaş balık tutmak için baraja gittik. Biraz da erken gittik ki, iyi bir yerden yer kapalım. Dördü oltaları suya bıraktı. Ben de çayı demlemek için ocağı yaktım. Suyu koydum. Kilimleri yere yaydım. Tam o sırada bir oltaya balık takıldı. Arkadaş balığı kıyıya çekmek için uğraşıyor ama ne mümkün. Diğer arkadaşlar da çekme işine yardım ediyorlar ama nafile. Hemen koşarak yanlarına vardım:

"Çekilin!" dedim. Misinayı iyice bileğime sardım. Çekiyorum imkânsız! Balık çok büyük. Beni de sürüklemeye başladı. Hemen yanımda olan ağaca acilen misinayı doladım ki, tam arkamdan bir traktör geçiyor. Islık çaldım. Traktör yanımıza geldi. Misinayı traktörün arkasına sıkıca bağladım. Traktör sürücüsüne hareket et diye işaret ettim. Beş santim dahi yerinden oynamadığı gibi, balık traktörü baraj suyuna doğru sürüklemez mi? Az kaldı, traktör suya düşecek! Derhal misinayı kestim. Traktörü kurtardım ama balık da kaçtı. Dinleyiciler:

"Celal böyle şey olmaz!"

Dinleyicilerden bir tanesi:

"Celal doğru söylüyor. Ben de tam karşı kıyıda olanları seyrettim."

Kahveci Celal elinde tuttuğu çayı kendisini destekleyene uzatarak:

"Al benim yalancı kardeşim. Bu çay benim sana ücretsiz ikramımdır."

Ampulü İcat Eden Ülke

Fikret, kahvehanenin her gün gelen müşterilerindendir. Ortaya şöyle bir soru sordu:

"Ampul hangi ülkede icat edilmiştir? Bilen var mı?"

Bir sessizlikten sonra:

"Amerika!"

"İngiltere!"

"Almanya!"

Herkes değişik ülkelerin adını söyledikten sonra Fikri:

"Türkiye" dediğinde bir şaşkınlık oldu.

Dinleyicilerden biri:

"Kimmiş bu Türk mucit?"

Fikret hemen cevabı yapıştırdı:

"Ediz Hun…!"

İtibar

Mahalle kentin kenarındadır. Belki de bin yıllık kuruluşu olan yerleşim yeri olması nedeniyle, burada yaşayan insanlar haliyle kadim komşuları olan samimi dostlardır. Çiftçilikle uğraşırlarken, tarlalarını, bahçelerini, kente sonradan gelen paralı insanlara satmışlar ve aldıkları toplu paraları zengin insanlarmış gibi har vurup, harman savurmuşlar, kendilerinden sonra gelen nesillerine ancak mahalledeki ahşap evlerini bırakabilmişlerdir. Ahalinin çoğunun doğru dürüst mesleklerinin olmaması onları fakir düşürmüştür. Parasızlık, insanlarını da agresif, öfkeli bir yapıya sokmuştur. İnşaatlarda amelelik yaparak ya da boyacılık, şoförlük gibi geçici işlerde çalışarak maişetlerini sağlama gayreti içine düşmüşlerdir.

Kışı sert ve karlı geçen bu kentte inşaatlar Bahar ayına kadar yapılamadığından, elinde avucunda ne varsa onu harcamakta veya bakkala, markete borçlanarak geçinme çabasında olmaktadırlar. Bazı durumlarda travmatik anlar yaşanmaktadır

İhsan, bu mahallenin bilinen insanıdır. Yaklaşık bir aydan fazla, boya badana işi çıkmadığından cebinde bir kuruşu dahi yoktur. Aralık ayının sonuna gelinmesi, işlerin durma noktasına gelmesi anlamındadır.

Atatürk'ün güzel bir sözünü burada hatırlamalıyız: "Kuvvet ve kudretten mahrum olanlara iltifat olunmaz!" burada kudret mali gücü kastetmektedir.

İhsan uzun zamandır işsizdi. Badana, boya işleri bu aylarda pek olmazdı. Tek tük olsa da eline az bir para geçerdi. Çoluk çocuk sahibi bir insandı. Derler ya "meteliğe kurşun atıyor." İşte! Öyle biriydi.

İhsan parasızlıktan bunalmış bir vaziyette mahallesinin kahvehanesinden içeri girip, hemen sağ tarafta, duvara monteli kalorifer radyatörüne sağ kolunu dayayarak ve ellerini birbirine sürterek dışarıdaki soğuk havanın tesiriyle ısıtma çabasıyla, kahveciye:

"Celal bana bir kahve yap!" diye yüksek sesle seslendi. Kahvehane oldukça kalabalıktı. Celal ise ocakta bardakları yıkamaktaydı. Hiç oralı olmadı.

Sakıp tekrarlayarak:

"Celal kendine de kahve yap! Bu benden olsun...!"

Celal ıslak ellerini kurulamadan ocağın oradan hışımla çıkarak, İhsan'ı belinden tutuğu gibi, havaya kaldırdı ve kahvehane kapısından dışarı fırlattı. İhsan kaldırım üzerinde boylu boyunca yatarken, Celal'in arkasından seslenerek:

"Kahveci! Neden öfkelendin? Parasını yarın verecektim...!"

Ispatula

İhsan'ın bir elinde üç buçuk kiloluk plastik boya kabı, diğer elinde kırmızı saplı sıvacı ıspatulası olduğu halde kahvehaneden içeri girdiğinde, kahvede oturanlara ıspatulayı göstererek:

"Ispatulam bundan sonra kana bulanacak, ucundan kan damlayacak!" dediğinde, ocakta bardaklara çay doldurmakla meşgul kahveci Celal, bulunduğu yerden hızla İhsan'ı belinden kavradığı gibi, kahvehanenin dışına kaldırım üzerine fırlattığında, Sakıp:

"Kahveci! iyi bir iş aldım. Beni parasız zannetme!"

Sarhoş

İhsan çok az miktar alkol aldığı zamanlar, kendini kaybetmekte, sağa sola sataşmaktadır. İçinde hep sakladığı, daha doğrusu bastırdığı öfkesi, işte bu zamanlarda ortaya çıkmaktadır. Yaşadığı bu mahallenin düğünleri çok renkli olurdu. Çalgıcılar eşliğinde mahalli oyunlar kaşık havası şeklinde oynanır ve kurulan masalara mezeler ve rakı servisi muhakkak yapılırdı. İster sünnet ister evlilik düğünlerin vazgeçilmeziydi. Rakılar çay bardağıyla sunulurdu.

Bu düğünlerden birinde, hava iyice kararmıştı. Düğün dağılmasına az bir zaman kala davetli mahalle delikanlıların rakıları bitmişti ama birisinin bardağında az bir parmak genişliğinde rakı kalmıştı.

İhsan boya badana işinden geç döndüğünden düğüne yetişememiş ancak vakit bulup, üstü başı boya içinde iş elbisesiyle delikanlıların masasına yanaşıp:

"Rakı kalmadı mı?"

"Kalmadı ama şuncağız var."

İhsan çay bardağındaki bir parmak var yok! rakıyı bir dikişte içti. Tabakta az miktarda kalan zeytin yağlı fasulye pilakiyi yedikten sonra;

"Afiyet olsun!" dedi ve masadan uzaklaştı. Evine doğru yürüdü. Düğün dağılmıştı. Sokakta kimse kalmamıştı. İhsan çok geçmeden evinden yalpalayarak çıktı. Sokak başındaki otuz, kırk kilo ağırlığında içi çöp dolu varili eliyle tutup, kaldırmak istedi. Ama gücü yetmedi. Tekmeyle devirdi. Çöplerin yarısı yere saçıldı. Birkaç adım attı. Sırt üstü kolları ve bacaklarını iki yana açıp, yere uzandı. Avaz avaz bağırmaya başladı:

"Beni buradan kaldıracak adamın ana.ı, avradını s….m."

Birkaç defa küfrüne devam etti. Sokak inim inim bunun narasıyla inledi. Bunu duyan kardeşi yanına gelerek ve iki bacağından sürükleyerek evlerine doğru götürürken:

"Kardeşim beni yerde sürüklemeyi bırak. Mahalleye karşı ayıp olmuyor mu? Beni ayağımdan sürükleyerek götürüyorsun. Utandırma beni."

&

Hırsız

Nazım çok çocuklu çiftçi bir ailenin altı erkek kardeşinden üçüncüsüdür. Hepsi de art arda doğduğundan yaşları arasında birer, ikişer yıl farkı vardır. İki de kız kardeşi vardı.

Nazım ilkokulu bitirmeden ayrılmış, çok haşarı bir gençtir. Eli uzun derler ya, hırsızlığıyla meşhurdur. Defalarca bu suçtan cezaevine girip çıkmıştır. Ama hapis cezaları onu uslandıracağına daha da azdırmıştır. Parasız kaldığında muhakkak para edecek bir eşyayı çalması içten değildir. Zekâsı ise, pratiktir.

Böyle bir zamanda parasız kalıp, düşüncelere daldığında, kafasında bir şimşek çaktı! Kendi ahırlarında bulunan bir danayı mezbahaya götürecek ve satacaktı. Hemen ahırdan orta boy bir danayı kimseye görünmeden alıp, mezbahanın yolunu tutu.

Babası ahıra ineklerini sağmak için

girdiğine, danalarından birinin olmadığını anladı.

Oğlu Nazım'ın evde olmaması şüphesini arttırdı. Hemen at arabasını hazırlayıp, mezbahaya dört nala sürdü. Bu kentte hayvanını satmak isteyenler mezbahanın yanında bulunan hayvan satış yerine giderlerdi. Satmak burada kolaydı. Baba da öyle yaptı. Oraya vardığında:

"İşte! Orada" dedi

Arabasını durdurdu. Oğlunu bir kasapla pazarlık yaparken suçüstü yakaladı.

"Utanmıyor musun? Habersizce danayı buraya getirmeye…!"

"Esas sen utan! Başkalarının babası oğluna villa, otomobil alırken, sen bir danayı bana çok görüyorsun!"

Köpek Haski

Haski kutup bölgesinin güçlü ve akıllı bir köpek cinsidir. Sovyetler Birliği dağılınca, Türkiye'ye ve dünyanın değişik ülkelerine Sovyet vatandaşları iş bulmak için gittiler. Yanlarında da satabilecekleri eşyaların yanında çok cins köpekleri beraberlerinde getirip, sattılar.

Türkiye'de ise genellikle kangal gibi çobanların yardımcısı büyük, hacimli köpekler bilinmekteydi. Özellikle Rusların getirdikleri köpekler, vatandaşlarımızca satın alınmaya başlandı. Böylece ilk defa filmlerde görmeye alışılan cins köpeklerin sahipleri, şimdi isteyenin malik olduğu dostlarıydı. Kahvehanesindeki Celal:

"Benim Haski bu kış bir tavşan yakaladı. Hayret ettim! Çok hızlı ve kuvvetli."

Köpeğinin diğer marifetlerini ballandıra ballandıra anlattığında, Hırsız Nazım:

"Sen köpeğini ne zaman aldın?"

"Doksan üç ocak ayında bir Rus bayandan dolarla aldım."

Nazım gözlerini tavana dikip, kısa süreli düşüncelere daldı. Hesap yaptığı belliydi:

"Yalan söylüyorsun!"

"Ne yalanı?"

"Çünkü ben doksan ikinin kasımında cezaevinden çıkmıştım. Eğer dediğin zamanda köpeğin olsaydı. Onu ben çalardım!"

Polise kafa tutmak

Pazar günü öğleden sonra saat üç buçuk civarıydı. İhsan sarhoş yürümesiyle evinin bulunduğu sokağa girince, yalpalayarak art arda küfürler savurmakta ve naralar atarak yüz metre yürüdüğünde sırtüstü yolun ortasına yatıp, bacak ve kollarını açabildiği kadar açarak:

"Bu yoldan beni çiğnemeden geçenin sülalesini s....m."

Bu küfrü ettiğinde, tam oradan geçmekte olan, içi sivil giyimli polislerin olduğu beyaz renkteki otomobil sürücüsü yan camı açık olduğu halde seyir halindeyken, yerde yatanın sarhoş olduğunu anlayarak, yan taraftaki geniş kaldırım üzerinden tam da geçmişti ki, İhsan:

"Beni çiğnemeden geçen bu arabadakilerin anasını s....m." dediğinde, polis otosunun sürücüsü, aracını geri vitese takıp, hızla İhsan'ın üzere sürdüğünde, İhsan şaşırtıcı bir çeviklikle yerinden fırlayıp öyle bir koşmaya başladı ki gömleğinin arkası vücudunun hızıyla bir balon gibi şişti. En az üç yüz metre koştu ama polis aracı onun hızına yetişemedi.

Polis onun korkup, kaçtığını gördüğünde, takibini bırakıp görevine devam etmek için sokağı terk etmişti.

İhsan takibin bırakıldığını anladığında; yattığı yere geri dönüp, pişkince:

"Bana yetişecek araba daha icat edilmedi!"

Olaya şahit olan sokak sakinleri, bir sarhoşun bu kadar çevik hareketine ve çok hızlı koşmasına hayretler içinde kaldılar...!

Anestezi Uzmanı

Tanıdığımızla   arkadaşımızla karşılaştığımızda ilk soru ne olur?

"Nasılsın?" ya da "Uzun süredir seninle görüşemedik! Seyahatte miydin?" Şeklinde veya buna benzeyen konuşmalar gibi olur. Bu karşılaştığımız arkadaşımızın nasıl olduğundan ziyade, onunla birkaç kelime konuşabilmektir.

Esasen hâl hatır sorarak hasbihal etmektir.

Toplum içinde yaşamanın önemli öğesi insanların birbiriyle konuşup, dertleşmesidir. Toplum içinde birey olmanın zorunlu halidir. Konuşmak ihtiyaçtır! Zaruridir!

Yaya veya araç içindeyken kaldırımda veya yol üzerinde insanların ister tek ister grup halinde birbirinin yürümesini keserek, konuştuklarını görürüz. Merak etmeyiz!

Konuşmalarda "nasılsın?" sorusu hasta olup, olmadığıdır. Hastalık insan oğlunu var olduğu bugüne kadar hep korkutmuştur. Çareler aratmıştır. Çeşitli nebatlardan ilaç yapmalar, dinsel dualar, kutsal objeleri boynunda, kolunda veya evinin bir köşesinde bulundurma gibi... Hastanın iyileşmesi, insanın sağlıklı olma çabasıdır.

Çaresiz kalındığı zamanlar insanlar hastalık karşısında ürkmüşler, ama yine de mücadeleyi bırakmamışlardır.

Hastalıklar içinde en korkulanı virüs/bakteri yoluyla bulaşan salgın hastalıklardır. Verem, veba, kolera, çiçek, kızamık, vb. salgınların süratle yayılması, insanlığı en çok tehdit eden hastalıklardır.

Tarihte 1347 tarihinde Avrupa'da başlayan "kara veba" Avrupa nüfusunun yarısına yakınını öldürmüştür. O zamanın hekimlerinin yüzde doksanının, bu hastalık yüzünden hayatlarını kaybetmesine rağmen, hekimler mücadeleyi bırakmamışlar ve bir hekimin dikkati sayesinde ancak dört yıl sonra hastalık yenilmiştir.

Modern devletler tıp bilimine çok önem vermişler, toplumunu hastalıklardan korumak için hekim yetiştirilmesine büyük meblağlarda ödenekler ayırmışlardır.

Cerrahlık tıp biliminin çok önem verdiği bir tıp dalıdır. Hastanelerde ameliyathaneler cerrahların çalışma yeridir. Bulaşıcı hastalıkların dışındaki bir alanı kapsar.

İnsan vücudunun bazı organları çeşitli etkiler altında eskimekte, yıpranmakta, yaralanmaktadır. Bu durumda cerrahi ameliyata karar verilmişse, cerrah hastayı muayene eder. Değişik test ve laboratuvar bulgularına göre ameliyata karar vermişse, hastanın rızası ile ameliyatın safhaları başlatılır.

Suat birkaç aydır pöçüğünün hemen yanında bir şişlik ve araları uzun olsa da şiddeti fazla olmayan ağrı hissetmektedir. Ayrıca Arkadaşlarıyla sohbet halinde mahalle kahvesinde oturduğu sırada, ağrı yine başladığında arkadaşı:

"Neyin var? Oturduğun yerde kıpırdanıp,

duruyorsun!”

“Söylemesi ayıp, pöçüğümün yanında bir şişlik belirdi. Ağrı yapıyor.”

“Babamın hastalığına benziyor. Ameliyat oldu. Kurtuldu.”

Ameliyat lafını duyan Suat irkildi. Korkusunu belli etmeden, sakin olmaya çalışarak:

“Neymiş bu meret?”

“Kıl dönmesi teşhisi konmuştu. Korkma! Ameliyatı basit. Bir gün yatırıyorlar. Sonra taburcu.”

Suat belki öyle kıl dönmesi falan değil, küçük bir çıban olabilir düşüncesiyle kendini avutmaya çalışırken, ağrısı gün geçtikçe artmış, şiş olan yerindeki akıntıyı keşfettiğinde, kafasında şimşekler çaktı. Doktora muayene olmaya karar verdi.

Suat evine yürüme mesafesindeki hastaneye gitti. Poliklinikte kaydını yaptırıp,

Genel Cerrahi bölümü önünde sırasını beklemeye başladı.

Ekranda adı soyadı yazdığında endişesini belli etmeden doktorun karşısındaki sandalyeye oturdu:

"Şikâyetiniz nedir?"

"Popomun üzerinde ağrılı bir şişlik var, ağrı yapıyor."

"Akıntı var mı?"

"Evet var."

"Muayene masasına yüzükoyun yatın. Pantolon ve iç çamaşırınızı dizinize kadar indirin."

Suat ameliyat için hastaneye yattı. Tetkik için şişliğe ilaç verilip, röntgeni çekildi. Yarın ameliyat masasına yatacak.

Suat'ın yattığı koğuşta kendisinden başka hemoroit ameliyatı olacak bir hasta da aynı gün ameliyat olmayı bekliyordu. Bu hastanın hastalığı çok azmış olduğundan doktor yüzü koyun yatmasını tavsiye etmişti. Sırtüstü yatması zaten olacak iş değildi. Yüzü koyun yattığı halde bile ağrı canına okuyordu!

Koğuşa üstünde yeşil ameliyat elbisesi giymiş, ağzını kapatan maskesiyle doktor olduğu her halinden belli olan şahıs. Suat'ın yatağının yanına gelerek:

"Yarın ameliyata girecek Suat Bey siz misiniz?"

"Evet benim."

"Ben size ameliyat öncesi ağrı duymamanız için anestezi yapacak uzmanım. Tetkiklerinizi kontrol ettim. Hiçte iyi görmedim! Tetkik neticesinde kıl dönmesi bütün kalçanıza yayılmış. Ameliyatınız biraz uzun sürebilir. Belki kalçanızın tamamının alınma ihtimali doğabilir...!"

Suat heyecanlandı! Yüzü sarardı! Nasıl oldu da bütün kalçasına yayıldı? Ameliyattan vaz geçip, hastaneden çıkıp gitmeyi düşündü...

Uzman kan sulandırıcı kullanmamasını,

varsa devamlı kullandığı ilaçların olup olmadığını öğrendikten sonra hemoroit ameliyatı olacak diğer hastanın yanına gelip:

"Siz hemoroit ameliyatı olacaksınız. Fakat sizin durumunuz Suat Bey'den kötü. Tüm bağırsağınız alınabilir! Uzun süre hastanede yatabilirsiniz!"

Hastanın benzinin sarardığının farkına varan uzman:

"Mesleğiniz nedir?"

"Düğünlerde ve eğlence mekanlarında zurna çalıyorum. Zurnacıyım."

"Uzun hava çok çalar mısın?"

"İstek olduğunda ya da kendi isteğimle uzun hava çaldığım oluyor."

"Ameliyatının sonunda uzun hava çalamazsın!"

"Abi bu benim ekmek param!"

"Çalarsan da ancak kesik kesik, dıt, dıt ...

diye ses çıkarabilirsin!”

Uzman koğuşu terk ettiğinde, Suat epey korkmuştu ama ne olursa olsun ameliyata girmeye kararlıydı.

Hemoroit hastası zurna çalan hasta yavaşça yerinden kalkıp, giyindi. Suat'a geçmiş olsun diledi ve koğuştan çıkıp, gitti.

Suat'ın ameliyatı başarılı geçti. Hiç de korktuğu gibi olmadı. Küçük bir operasyon geçirmiş. Lokal uyuşturmayla dertten kurtulmuştu.

Anestezi uzmanı hastalara şaka! yaparak, onları korkutmayı adet edinmişti...

Roman Müzisyen

Musikidir aşk ile ruha şevk veren

Kimisine afakan, kimine gam

Her birey alır ondan dem…

Musikidir dinleyeni canlandıran yaşama bağlayan dünyanın her ülkesinde sosyologlar, antropologlar, yazarlar, devlet yöneticileri, akademisyenler; Roman'lar üzerinde çok araştırmalar yapmışlar, tanımlamaya çalışmışlar, kökenlerini yaşayış tarzlarını, yaptıkları işleri, karakter analizlerini yapmışlar ve ciltler dolusu kitaplar yazmışlar, onlar hakkında menfi özel kanunlar, kararnameler çıkartmışlardır.

Romanların kendilerine özgü karakter ve yaşayışları içinde bulundukları topluma genelde bir kısmı uyum sağlamış ama diğer kısmı kendi bildikleri örf ve adetlerini terk etmemiştir.

Kendi içlerinde kapalı bir toplum özelliği taşımaktadırlar. Dışarıya karşı fazla bilgi vermezler.

Romanlar, Müslüman bir ülkede ise, Müslümanlığı benimsemişler eğer aynı kişiler Hristiyan bir ülkeye gitmişlerse, Hristiyanlığı benimseyerek o topluma uyumlu olmak özelliği ile de dikkat çekerler. Barışçıl ve bulundukları toplumla uyum içinde yaşama düşüncesi önemli özelliklerindendir.

Nazi döneminde binlerce romanın sistematik olarak öldürüldüğü kayıtlara geçmiştir. Nazi öngörüsü, dünyada yok edilmesi gereken iki ırktan biri Yahudiler ve diğeri ise romanlardır. Naziler ikinci dünya savaşında göçmen romanlara dokunmamışlardır. Nedeni düşman hatlarından geçen romanlardan düşman hakkında bilgi almalarıdır. Fakat yerleşik romanlar ise talihsizdirler.

Meslek olarak müzisyen, sepetçi, balıkçı

vb. iş kollarını benimsemişlerdir. Müzisyenlik özel yetenek ve bilgi isteyen bir sanat dalıdır. Romanlar içinde sınıfsal bir üstünlük varsa, o da müzisyenliktir.

Mertcan doğuştan müzik kabiliyetine sahip, romandır. Müthiş bir org çalma yeteneğini küçük yaştan itibaren geliştirmiş ve çok ünlü yorumcu ve şarkıcıya orguyla eşlik etmiştir. Daha doğrusu tüm zamanını org çalma üzerine yoğunlaştırmıştır. Org çalarken onun çıkarttığı nağmeler değişik ve ilgi çekicidir. Hatta icrası sırasında elleri yetmediğinde, burnuyla da çalarak, kan ter içinde, kendinden geçmektedir. Takdire muciptir.

Arkasında çaldığı ünlüler her konserlerinde onu tercih etmişlerdir. Halk konserlerinde öyle akorlar basar, bestenin yapısını bozmadan öyle kıvrak, içli nağmeler çıkartır. Halk onun bu çalışıyla aşka gelir. Coşar da coşar...!

Mertcan görünüş olarak çok zayıf, orta boylu çelimsiz gibi görünse de gayet hareketli ve çeviktir. Sağlığı oldukça iyidir. Performanslıdır. Yoruldum dediği duyulmamıştır. Yere koyduğu nota defterini okuyacak kadar iyi görüşe sahiptir. Hatta notayı tersten okuma kabiliyetini geliştirmiştir.

Orgu çalmaya başladığında sadece notaları ile yetinmez! Kendi özelliğini de melodiye katarak, bambaşka hava meydana getirir. Bu diğer müzisyenlerden farkını gösterir. Ünlü şarkıcıların, Mertcan'ı tercih etmelerinin tek sebebidir.

Hiç çalmadığı bestenin notasını ver önüne, melodisini şipşak çıkarır. Hem de kendi yorumuyla ve hemen. Şaşırırsınız! Yetenek işte…!

Mertcan gazino- pavyon aleminin aranan ismidir. Mesaisi gece olduğundan, sabah ışıklarına kadar o gazino senin, bu gece kulübü benim, dolaşıp durur…

Kazancı maşallah! Sabah hava ışımaya yakın evine gelir ve hemen yatar. Öğleden sonra kalktığında, eşinin hazırladığı kahvaltı benzeri yiyecekleri atıştırır. Hemen orgunun başına geçerek, yeni parçalar, besteler üzerinde akşama kadar çalar. Hayatını bunun üzerine kurmuştur.

Gece çalışması evde eşinin yalnız kalması, çocuklarıyla fazla ilgilenememesi, turne zamanları haftalarca dışarıda sanatçılarla beraberliği... Eşinin hoşnutsuzluğu ta burasına gelmiştir! Evde karısının ağır konuşmaları canını çok sıkmaktadır.

"Benim işim bu! Ben memur değilim. Gece çalışmak durumdayım. Neyini eksik ettim söyle?"

"Çocukların, evin yükü üzerimde, sen var mısın, yok musun belli değil!"

Eşi Sabahat, güçlü kadındır ama hayatından bezmiştir. Avukat tutup, boşanmak için mahkemeye verdiğinde duruşmasında hâkim:

"Boşanma isteğinin ana sebebi nedir?" sorusuna:

"Hâkim Bey aletiyle benden çok

ilgileniyor." Hâkim hafifçe gülümsemişti.

Mahkeme birkaç duruşma sonunda geçerli sebep bulunmadığından "talebin reddine" karar vermişti.

Mertcan gece kulübünde çalıyor ama eşini de memnun etmek için gece yarısını biraz geçe evine geliyor. Gündüz uyandığında eşiyle, çocuklarıyla kentin parklarına gidip, orada dondurma, pasta gibi yiyecekler alarak onların gönlünü etmeye çalışıyor.

Vakit bulduğunda roman olmayan müzisyen arkadaşı Rıdvan'a uğrayıp, müzik yapıp, sık olmasa da sohbet etme vaktini bulabiliyordu. Mertcan halen çalıştığı gece kulübünden arkadaşı Rıdvan'a bir garsondan şikayetle:

"Adam ısmarladığım sodayı, çayı unutmuş görünerek ya getirmiyor ya da geç getiriyor. Memnun değilim. Kendisini defalarca ikaz ettim. Nafile!

"Sebebi neymiş?"

"Romanım ya. Güya beni aşağılıyor!"

"Bir gün ağırca bir sözle dersini verdim. Anlamıştır O...!"

"Ne söyledin?"

"Marifetsiz garson!"

Mertcan Hanif bir Müslüman. Namazında, abdestinde, seccadesi, takke ve tespihi yanında. Fırsat buldukça bir köşecikte seccadesini serip, şükreder. Ekmeğinin ve sanatını nasıl en güzel icra edebilirim derdinde... Hala gece kulübünde çalışıyor. İşini çok severek yapıyor.

YAZAR HAKKINDA

 21 Mayıs 1949 yılında Düzce / Beslambey Köyünde (şimdiki ismi Akınlar mahallesi) doğdu. Babası Merhum Kemal'in (Sarı Kemal ismiyle maruf) polis olması nedeniyle Eskişehir'e (1950) tayin olmuş, annesi Merhum Baş komiser Hacı Ömer Uz'un kızı merhume Memnune Hanımdır. Ebeveynleri yazar bir yaşında iken bu güzel kente yerleştiler. Orta öğretimini bu ilde tamamlayan yazar, meslek olarak havacılar kenti olarak da bilinen bu kentin havacılarına özenerek öğrenimini hava astsubayı olarak. 1967 yılı Hava Teknik Okulu mezunudur. Hava Astsubayı olarak sırasıyla ilk tayin yeri âşıklar yeri Şarkışla'dır. Burada, Âşık Veysel'i ve Âşık Ali İzzet'i bizzat tanımış, tanışmış ve sohbetlerinde bulunmuştur. Yazar, Ankara, Erzurum ve İzmir'de görevini sürdürdü. Ayrıca Federal Almanya'da lisans eğitimi gördü ve bir yıl Alman Hava Kuvvetlerinde görev yaptı. Hava Astsubayı olarak otuz beş yıl itibari hizmetten sonra 1995 yılında emekli oldu. Büyük ağabey olarak iki kardeşe maliktir.

Çok sevdiği iki kent olan İzmir ve

Eskişehir'de ikamet etmektedir. Son zaman şiirlerini bu kentlerin özgür havasında dile getirmiştir. Yazarın Kaan ve Hakan isimli iki torunu vardır.

Ataları Rus mezaliminden Büyük Çerkez göçüyle (Ubıh'lardan) Kafkasya'nın Soçi bölgesinden Türkiye'ye gelmişlerdir.

Yazarın yayınlanmış diğer kitapları

Ara Sokaklar

Gönül Damlaları

Aynadaki Buğu

Ekmek

Seherin Tılsımı

Gizemli Olaylar

Elveda Soçi

İZMİR

www.ingramcontent.com/pod-product-compliance
Lightning Source LLC
Chambersburg PA
CBHW030751110726
47900CB00008B/2550